出家

中島健二

これは読者に贈る愛の叙情詩《じょじょうし》である

装幀　本澤博子
装画　iStock.com/ Mimadeo

出家

序

東北の小さな町の老医師木津林太郎が死んだ。町営診療所の所長である。その診療所は医師がたったひとり、つまり死亡した医師だけであったから町は困った。とりあえず、町は診療所をしばらく休診にする処置を取った。代理の医者が直ぐに見つかるあてがなかったからである。

老医師は急死であった。彼は十四年前に赴任してきた時から診療所脇の診療所長公舎にひとりで住んでいた。つまり独居老人の死、いわゆる孤独死であった。それがたまたま医者であったということなのである。

医者も人間であるからいずれ死ぬ。この老医師の死に立ち会った者はいなかった。八十七歳であったが七十代前半にしか見えない若さと身のこなしであったから、誰もこんなに早く死ぬとは思わなかったが、現実には急死してしまった。

田舎《いなか》の診療所に来る医者などいないご時世に、こんなにも長く勤めてくれることに対しては、町長はじめ町役場の者は感謝していて、できる限りの便宜を供与していた。

毎日、役場の女性職員が当番で午前七時に所長公舎に出向き、朝食の準備や簡単な部屋の掃除などをすることにしているのだが、六月のある朝、当番の職員がベッドで死亡している木津医師を発見したのである。

死の直前に彼を診察した医師はいなかったから、当然異状死として警察に通報することになり、近くの市からやってきた警察医の検案の結果、病死とされた。

診療所を休診としたものの、この町にひとつしかない医療機関を休診のままにしてはおけない。とにかく医科大学に医師派遣を要請にいかなければならなくなった。いい返事が直ぐに聞けるわけではないことは明らかであった。

老医師が赴任する前までは歴代町長の最大の仕事は診療所の医師確保であった。町民の健康が守れない町長は次の選挙で必ず落選したからである。

早い話が十五年前の町長選でも前職が落選した。この町の診療所長は二年契約で隣県の大学病院から若い医師が派遣されていた。ところが派遣元である第一内科教室が診療体制の充実化のため現在のスタッフでは足りなくなり、僻地《へきち》に出している医局員の総引きあげを行ったのである。その結果、この町の診療所長も一年働いただけで大学に引き戻され、当然のことながら後任は来なかった。

慌てた町長は医師を求めて駆けずり回った。だがその努力は実らず、帰結として町長は落選したのであった。新町長は公約を果たすべく、県内はもとより県外の病院にまで出向き、医師の派遣を願って回ったが、「うちでも先生が欲しいくらいです」と、にべもなく断られたのであった。もちろん地元紙の秋田かまくら新報だけではなく全国紙にも医師急募広告を載せたが反応はなかった。新町長は焦った。最後の手段として、町長は恐る恐る前医師を引きあげた大学の第一内科教室に教授を訪ね、二年間の勤務は無理としても半年交代でもいいから医師を派遣してもらえないかと懇願した。教授は例外を設けるつもりはないと断ったが、あまりの町長の困りように同情したようであった。そして『日本医事新報』という医師向けの週刊雑誌があることを教えたのだ。その雑誌は最新の医学記事を載せているので、ほとんどの病院ではこれを購入し、医局に配置している。その雑誌に医師公募の広告を出したらどうかと助け船を出してくれたのであった。

町長は藁《わら》にもすがる思いで広告を出した。二カ月は虚しく過ぎた。だが蟬の鳴き声が小さくなり始めた八月の下旬に動きがあった。新潟県の医師からの問い合わせがあったのである。

それを聞いた町長は、文書や電話でのやり取りはまだるっこしい、この際、相手の迷惑は置いておき、直接その先生に面接し、明らかな不安材料がなさそうならその場で招聘《しょうへい》を決めてこいと告げたうえで、総務課長を長岡市に派遣した。

三日後に、総務課長からうわずった声で電話が入った。

「町長、喜んでけれ、まんず。ベテランの先生だ。内科も外科も診れる先生だ。ちょっと年さいってるけんど、元気な先生だ。わたすは是非おらが町に来てほしい先生だと思う」

あとは言わせず、町長は一も二もなく賛成し、

「絶対に他の病院などに取られないよう、仮契約でも何でもして、引っ越し費用と赴任費用などの仮払いをしておいてくれ」

と言った。

待ちに待った医師が赴任してきた。何のとりえもない田舎町なのに、不平ひとつ言わず老医師はずっと勤務してくれた。いつの間にか昔の苦労などなかったかのように、町長はじめ幹部職員の脳内から「医師確保」の文字が消えてしまっていた。

そこに突然、今回の「事件」が持ち上がったのである。ともあれ永年勤続の診療所長が死亡したとなればそれなりの構えやしつらえがあるのだが、町は役場に半旗を掲げただけだった。

＊

たまたま地方新聞である秋田かまくら新報の内田達樹《たつき》記者が仕事の帰り、一服しようと国道沿いのコーヒーハウスに寄った時、地元の人とおぼしき中年女性二人がケーキをほおばりなが

ら話をしているのが聞こえてきた。

「驚いたなあ、診療所のセンセイが、おととい死なれたと。このあとどうすべエ。おら、あのセンセイにずっと膝っこに注射してもらってた。代わりのセンセイすぐ来るべか」

「んだなあ。あのセンセイ気さくに何でも相談に乗ってくれたなあ。風邪ひいても診てくれたし、蜂に刺されても診てくれた。あんな先生いるべか」

それを聞いた内田記者は、プロ意識がむくむくと湧き上がってきた。これは秋田かまくら新報の死亡欄に五行で収め切れるしろものではないと判断したからである。県民の死亡の報告は自動的に県庁の記者クラブに入ることになっている。それを記事にするかしないかは各社に任されているのだが、ほとんどは亡くなった人の知名度や地元との関わり合いの程度に応じて大きく報道されたり、小さく纏《まと》められたりされていた。

内田記者は秋田かまくら新報の社会部に電話を入れた。最近のかまくら新報のおくやみ欄に仙横町《せんおうまち》の診療所の先生が載っていないか調べてほしいと頼んだのである。

「出てますよ、木津林太郎という名前ですね。六月十日に亡《な》くなった、と。八十七歳だそうですね。葬儀は関係者だけで済ませたとも書いてあります。それだけです」

社会部の若い記者が内田記者に相談せずに書いた記事なのだ。だから内田記者は見落としていたのだ。改めて五行を十行に増やして書くなんてことはしたこともない。だがそれだけで済ませてしまうには物足りない。せめて自分で納得のできる幻の記事でも書いておきたいと内田記者はこの二人の会話に割り込んだ。

「せっかくお茶しているところ済みません。私、秋田かまくら新報っていう新聞社の記者をしている内田といいます。ちょっとお聞きしていいですか」

自分では改まった言い方ができたと感心した。だが、相手の二人はびっくりした顔をして、口をつぐんでしまった。記者と聞いて、滅多なことは言うまいと固く決心した面持《おもも》ちであった。田舎のおばさんにすれば、新聞記者は、あることないこと面白おかしく書き立てるとんでもない人間という理解なのであろう。

「あれー、まんずそんなに改まらないで。聞くともなく聞いていたども、ここの診療所の先生、亡くなられたって、ほんとだすか。わたす、この町の住人でないから、診てもらったことないけんど、いい先生だったたってねえ。皆さん大変だすな」

思いっ切りくだけた言葉に変えてみた。

「そうです。いい先生でした。私ももっと長生きしてほしかった。先生に」

ひとりが標準語で返事をした。それがきっかけになり、一気に話が弾んだ。

「んだよなぁ。おらたちの話を聞いてくれた。面倒くさがらずに。その前の先生だば、ほとんど話聞いてくれなかったもんな」

「んだなあ。『血調べたらおかしいところはない。別に治療するところはない、はい次の人』、でおしまいだったもんな」

「んだ。あまり聞くとごしゃがれたなあ」

「木津先生だば、昔やった映画あるべ。ほら三船敏郎が出た映画のほれあれなんていったか、そう『赤ひげ』。あの赤ひげ先生のようであったなあ」

「んだ。でも映画の赤ひげ先生はまだ若かったし、よく暴れたな。やくざみたいなやつが因縁つけにくると、投げ飛ばしたりしてさ」

「んだんだ。まんず、懲《こ》らしめてた。でもうちの先生は、はあもう年取ってたからあんなことしなかった」

「だども、うちの向かいの徳太郎さんが、コンバインに手さ巻き込まれて血だらけになって運ばれた時、先生はものも言わずにナイフで傷口をバサッと切り開いたって。それで看護婦さんに水ばしゃばしゃかけさせて泥やなんかをブラシでこそぎ落してから二十五針も縫ったっちゃ。徳太郎さん痛いとも何とも、声さ出す間もなかったと言ってたわ。そのあと何と言ったか、そう破傷風、破傷風の予防注射もしてくれて、これで心配ないと言ってくれたって。いつもニコニコしてゆっくり診察してるのに、あんなに素早く手当してくれて、息も上がっていなかったのにたまげたって徳太郎さん言っとったわ」

そこまで聞くと内田記者は礼を言ってそそくさと店を出た。よしこれは記事になりそうだ、まず町役場に行ってみよう。そこで車を飛ばして町役場に取材に行ったが、取り立てて記事にする情報は得られなかった。対応した総務課主任はこう言った。

「先生はあまり自分のこと、話さなかったもんね。でも患者には好かれていたね。なにせ親切だったでね」

三年前に施行された、メディアの間で評判の悪い「個人情報保護法」に縛られて仕事をしている公務員は初めから予防線を張っているのだ。

せめて主《あるじ》のいなくなった診療所だけでも見ておこうと場所を尋ねると、役場の西五百メートルとのことであった。六月中旬のこのあたりは田圃《たんぼ》の稲が力強く伸びており、まるで緑の絨緞《じゅうたん》を敷き詰めたようであった。

診療所に着いた時、中年の女性が診療所のドアを開けているのが見えた。女性は右手に花束を提げていた。内田は車を停めて、運転席に座ったままウィンドウ越しに声をかけた。

「あの、ちょっとお聞きしますが、先生亡くなられて、休診でしょう、ここ」

「ええ」

「今日は、何か用事で？」

「ちょっと後片付けがあって。もうほとんど片付いていますが」

「私は、内田達樹と言います。秋田かまくら新報の記者をしています」

「私は佐藤と申します。自動車のボディーに、秋田かまくら新報って書いてあったから、新聞社の人だとは思っていました」

「失礼ですが、あなたは町役場の職員さん？」

「先日までは。先生が亡くなられるまでは」

「先生に雇われておられた？」

「というか、町が臨時で私を雇って先生のお仕事を……」

内田は車のエンジンを切って、車から降り彼女に近づいていった。亡くなった先生と仕事をしていた人物であれば、何か記事になる情報が得られるのではないかとの勘が働いたのだ。

「ちょっと先生のことを聞きたいんだども」

この言い方の方が話しやすいし、自分としても肩が凝らない。

女性はいいとも、だめだとも言わなかった。彼女について診療所に入った。中はがらんどうであった。十畳ほどの板の間の部屋があり、その続きはオープンカウンターになっていた。患者受付の窓口なのであろう。カウンターテーブルの奥は書棚があり空っぽであった。カルテなどの書類が入っていたのであろうが、すべて持ち去られていた。患者の情報などが詰まっているカルテであるから、どこか安全な場所に保管したのであろう。カウンターの右側に四メートル幅の廊下があり、左側に第一診察室、処置室、第二診察室と書かれた部屋があった。廊下の奥はレントゲン室であった。彼女は花束を手にしたまま第一診察室のドアを開け、内田に「どうぞ」と言いながら自ら中に入った。六畳ほどの部屋で、ここもきれいに片付いていた。

「ここ、先生の診察室でした」

そう言いながら、彼女は窓際の流しに行き、花瓶に水を入れて、かつての診察机の上に置き、そこに持ってきた花を挿した。

「先生がお好きだった胡蝶蘭《こちょうらん》です。丹精込めてご自分で咲かせたのを先生のお家から切ってきたのです」

「もう住んでおられないんでしょう。先生」

そう言って、内田は思わず「あはは」と笑った。当たり前だ、先生は二日前に亡くなっている。

「いや、先生の家族は住んでいるのかな、まだ」

内田は急いで誤魔化《ごまか》した。

「空家です。だって、先生はずっとおひとりでしたから。ここに来られる何年か前に奥様は亡くなられたとおっしゃってました」

「ほう、それでここで独居ですな。んだからあなたがずっと先生の身の回りのお世話を」

内田はぼんやりと、百五十年前の伊豆下田の光景を想い浮かべていた。アメリカ合衆国総領事タウンゼント・ハリスとお吉《きち》の姿である。アメリカの強い要求により、二百六十年続いた鎖国政策を解かざるを得なかった徳川幕府は伊豆下田にアメリカ総領事館の開設を許可した。アメリカは江戸に総領事館を置きたかったのだが、幕府は必死にそれを阻止したのである。

単身赴任のハリスには身の回りの世話をする人が必要だった。領事館といっても幕府が用意した建物は寺であった。生活環境もしきたりも全く違う異国の地で、ハリスは心労で身体をこわした。元来病気がちであった彼には看護婦が必要だった。通訳を通じてそのことを幕府に要求したが、そもそも近代的病院などはひとつもない日本に、看護婦などいるわけがない。幕府は、ハリスの無聊《ぶりょう》を慰める女性を要求されたのだと勘違いした。

得体のしれない異人のもとに侍《はべ》る女などいるわけはなかった。そこで下田の花街《かがい》で一番の売れっ妓《こ》芸者のお吉に因果を含め領事館に送り込んだのである。すでにいいなずけがいた十七歳のお吉は幕府の要請を拒んだが、半ば脅しと多額の支度金《したくきん》とで最終的にはお吉は領事館に住み込むことになったのだ。

＊

「私は、先生の身の回りのお世話はしてはおりません」

凛とした声ががらんどうの部屋に響いた。

「私は、通いの看護師です。先生の診療のお手伝いをしていたのです」

高い澄んだ声が内田の怪しげな妄想を吹き飛ばした。

「いや、失礼しました、まんず。看護婦さんがいなければ、先生の診察はかどらないもんね」

「今日は、役場から薬品戸棚の中をもう一度点検してほしいと頼まれたのでわざわざ来たのです。医療廃棄物は法令に基づいて処理しなければならないのです。それが少しでも残ったままになっていれば、あとあと困るので、プロの眼で見てほしいと言われたのです。何もなさそうなので、これで帰ろうと思います」

内田の先ほどの発言に不快感を抱いたのだ。端正な彼女の眉間《みけん》の皺《しわ》にそう書いてあった。

もう帰る、と言われて内田は慌てた。せっかく今日は久しぶりに家庭サービスをしようと思っていたのに、それを取りやめにしてこうして車を飛ばしてやってきたのだ。このまま帰るわけにはいかない。

「さすがに看護婦さんは違いますね。さっきからやることがきびきびしていると思って見ていたんです。やはりプロは違う。それに、先生のお好きであった花をお持ちになって診察机も喜んでいるでしょうね」

取って付けたようなセリフだとわかっていたが、内田は自分でもあきれた物言いをした。ここで終わってしまっては記事にもならず、社会面の片隅にある死亡欄の五行で終わってしまうからだ。

「看護婦さんだからちょうどよかった。先生の仕事ぶりなども含めて先生の人となりなどお聞かせ願えませんか。私も、年を取られた先生が黙々と仕事をされていたということは以前から聞いてはいたのですが、正直言って何でこんな片田舎にやってきて診療所を守り続けられたのかよくわからないんですよ。他に雇ってくれるところがないから仕方なくこんなところ、いや失礼、こんな田舎にずっとおられたのか。もっと都会で生活しやすいところを探せば探せたはずなのに。ねえそうでしょう、看護婦さん。ああ今は看護婦とは言わないんだよね。最近看護師に変わったんですよね。新聞記者ともあろうものが、それを忘れていて、まんず恥ずかしいことで御免してください。でも私は個人的には看護婦の方がいいなと思っています。この方が優しいし温かみがありますからね。ところであなた、佐藤さんお名前は何とおっしゃるんですか」

「景子といいます。けいは景色の景に子どもの子です。佐藤はこの辺で一番多い名前なんですよ」

「そうですよね、ここだけでなく、秋田は佐藤姓が多いのではないですか。それに佐々木姓も。私の新聞社でも女性職員に佐々木が三人もいました。しかも三人ともじゅん子というのです。これには弱りました。佐々木と呼べば三人ともがハイと返事するし、じゅん子と呼んでも三人がハイと返事するのですから」

「それで、どうなさったのですか」

「体格の違いに気付いた上司が一計を案じたんです。大きい順にマッハじゅん、ビッグじゅん、そして小柄なじゅん子さんはチビじゅんと。それで一挙に解決しました」

「でもマッハやビッグでは何か女子プロレスラーみたいですね。嫌がらなかったですか、お二人は」

「初めはね。でもすぐ慣れたみたいです。私がまあ、ビッグ内田みたいですが、この軽に乗って走り回っている方がよっぽどおかしいと思っているようです、彼女たちは。でも田舎に取材に来るには、農道もあるし、軽の方が小回りが利いていいこともあるんです。それよりも、うちはあまり大きくない、というより小さな新聞社なので、記者も少ないし、ひとりで何でもこなさなければなりません。暴力事件が起これば、事件記者で警察回りをするし、どこそこのおばあちゃんが百歳になったと聞けば、社会部記者に早変わりで、おめでとうの記事を書かなければなりません。お悔やみのことは社会面の死亡欄に小さく載るのですが、今回こちらの先生が亡くなられたのはそれでは収め切れないニュースですから、すこし詳しいお話をお聞きしたいとこうして立ち寄らせていただいたわけでして」

「それでは収め切れないニュース」のセリフに、それまであたりを片付けていた佐藤看護師が動きを止めてこちらを振り向いた。

「私も、これは記事にして皆さんに知らせたいんですよ、佐藤さん」

「私も同じです。こういう先生だったとみんなに知ってもらいたいです」

「じゃあ、是非協力してください。ああ肝心なことを聞くのを忘れていました。先生は何という名前なんです。それを最初に聞くのを忘れていた。私は駆け出しの記者だった頃、よく先輩がたからごしゃがれたもんです。お前の記事には被害者の名前が書いてねえ。加害者の名前ばっかりでかでかと書いたって何の価値もねえ、って」

内田はついさっき秋田かまくら新報に電話して木津林太郎の名を知ったのだが、そのことは伏せたのだ。そうでないと佐藤看護師が新鮮な材料を提供してくれないと思ったからである。

「木津林太郎先生です。木は材木のもく、津は津軽半島の津です。林太郎は、はやしに太郎です」

「はいはい、姓は木に大津の津、名は鷗外森林太郎の林太郎ね」

内田は教養のあるところを見せた。

「先生は温厚な方で、滅多に嫌なお顔はされなかったのですが、先生の名前を間違えて大津と書いた人には注意をしておられましたね。だいたい秋田に木津姓はありませんから」

「何と言って？」

「ただひとこと、字が違うと」

「字が違う、ですか。アイデンティティーを否定されたように感じたのでしょうかね」

「アイデンティティーって？」

「いやいや、別人と間違えられたように思われたんでねえべか。だいたい木津先生はどこの出身だと？」

「知りません。聞いたことありませんもの。でもちらっと、自分は東北の人間でない、西の方だとおっしゃったことがあります」

「通常は西といえば西日本。京都、大阪から中国地方になるなあ」

内田はこれ以上追求することはやめた。何かいわくがありそうだ。

冬ともなれば厳しい寒さで骨まで凍るところに、奥さんと死別した老医師がパートナーも置かずに暮らすなど考えにくいからだ。通常ならどこか西日本の暖かいところで余生を送るだろう。ふっと内田は怪しいことを思いついた。

「佐藤さん。こんなこと聞いたらごしゃがれるかもしんねえけど。まさか先生、にせ医者ってことねえよな」

「実は、先生がご高齢で、しかもひとりでほとんど条件も付けずに応募されたので町役場でも話題になったそうです」

「それで？」

「先生の医師免許証を持って厚生省で調べてもらったそうです。そうしたらこれは原本で、死亡したとの届けが出ていない。戸籍謄本で本人確認ができれば、その人は医師でしょうって」

「ふーん」

内田はこれ以上踏み込むことはやめた。だいいち編集局に掛け合っても時間とカネをくれるとは思えない。結局、地元で慕われていて、その死を町民みんなが悲しんでいる老医師であることから、少し重みのある内容で社会面に載せることにした。

「惜別《せきべつ》」のタイトルであった。


町民みんなに「おらが町のセンセイ」と敬愛された人であった。十四年前、仙人のようにふらっと仙横町に現れてそのまま診療所長になった先生。その真面目な人柄、どんな病気にもてきぱきと対応してくれた先生。時には病気だけでなく人生相談にも乗ってくれた気さくな先生であった。患者であった山本フミさん（八十六歳）は「丁寧に診てくれたなあ。おらが転んで肩さはずれたら、先生ものも言わねでおらの腕さぐっと引っ張ってぐるっと回して、はあ痛《いだ》かったけど見事治してくれた。まるで赤ひげ先生のようであった」と語る。その木津林太郎医師が六月十日に亡くなった。八十七歳であった。検死によると心筋梗塞とのこと。自分は天涯孤独《てんがいこどく》の身、たとえ急死するようなことがあっても葬儀は不要と周囲に漏らしていたので、町当局はその遺志を尊重し、診療所内に祭壇を設けたところ、町民およそ四百名が銘々に花を持ちより先生の棺を飾り線香をあげたという。

　町役場の記録には木津医師は近畿地方で生まれ、医科大学を卒業し、いくつかの病院勤務を経て仙横町立診療所に勤務したことが記されているが、過去をあまり語らなかったのでそれ以上のことは不明としている。仙横町はかつて診療所の医師の来手《きて》がなく、歴代町長は医師確保が重要な業務であった。しかし木津医師が長く診療所長を務めてくれたので、診療所には医者がいるのは当たり前のような錯覚に陥っていたのがこのような事態になり大慌てとのこと。後任の医師が決まるまで、しばらく診療所は休診が続きそうである。


内田はこの「惜別」の記事に、町の敬老会に招かれた木津医師が老人たちと談笑している写真を添えて秋田かまくら新報に載せることで決着せざるを得なかった。

　本心は、出生地までさかのぼってファミリーツリーを調べ、近畿の医科大学を卒業していながら、東北までやってきた経緯を知りたかったのだが、現在の職にある限りそれは不可能であることは知っていた。「まるで逆北前船だな」と呟《つぶや》いてこの件はおしまいにすることにした。

一章　心の原風景

木津林太郎は滋賀県の琵琶湖西岸の高島村で生まれた。滋賀県といえば琵琶湖ばかりが有名であり、特に県外の人々は滋賀県から琵琶湖を引けば平地はいくばくもないと思っている。しかし琵琶湖の占める面積は滋賀県全体のわずか六分の一でしかない。残りの六分の五の多くは湖東すなわち琵琶湖の東側に広がり、豊かな田園地帯であるだけでなく古くから商業も栄え近江《おうみ》商人と呼ばれる豪商を輩出していた。一方、西岸には比良《ひら》連峰をはじめ、切り立った山並みが迫っていて平野部は少なく集落が帯状に点在していた。高島村もその集落のひとつであった。

父の林蔵は村役場の書記をしていたが、二男の林太郎を含めて二男三女を食わすには大変であったから、琵琶湖で漁をしたり、自宅続きの畑で農作物を作って、かつかつの生活をしていた。

林太郎は村童と一緒に村の尋常小学校に通ったが、成績はずば抜けて良かった。一年生から六年生を合わせても学童はわずか百名足らずの小さな学校であったが、訓導だけでなく村役も林太郎の聡明さを認めていた。中には「トンビが鷹《たか》を生むちゅうがそれやのう」などと林蔵をからかったり羨ましがったりする者もいた。林蔵はまんざらではない気がしていた。

　尋常小学校を卒業した林太郎を林蔵はこの土地に残す積もりでいた。ほかの学童は皆親のところにとどまり、農業や漁業を手伝ったからそれが当然と思ったし、ほかに思いつくことはなかったからである。

　東岸の近江の者であれば、伝手《つて》を頼って大阪や京都に行き、商家などで丁稚《でっち》として働くことはあった。しかし林蔵にはそのような伝手もなければ、何とかしてやろうという才覚もなかった。村役場の下働きでも小使いでもいいからと村長に頼んでみたが、

「林太郎君は総代で卒業したんやないか、その林太郎君を小使いとしては使えません」

と断られた。それなら自宅の庭続きの小さな畑で百姓をさせるしかないと林蔵は腹を括《くく》った。

　それを知って、隣地に別宅を建て妻と暮らしていた林蔵の父庄助は珍しく語気を強めて反対した。庄助は聡明で気立てのいい孫の林太郎を幼い頃から可愛《かわい》がり、事実上の保護者として妻とともにあれこれ面倒を見てきたのである。村役場で律義《りちぎ》に働く林蔵に代わって授業参観にも顔を出し、父兄会の役員も買って出ていた。

「林太郎を中学校に行かせたらどないです。高等小学校や青年学校ではなく中学校に」

と祖父は林蔵に言った。

「中学校へ行かすってですか、父さん。そないなかねありゃしません。うちにはまだ子どもがぎょうさんおるし」

と林蔵が反論すると、

「畑を売りなさい。わしの名義のがある。あれを売りなさい。大したかねにはならんやろうけど、二年や三年は持つやろ。あとはその時考えたらよろし」

　そして祖父は村役場に村長を訪ね、自分名義の土地を処分したいので手続きをしてほしいこと、それで得たかねで孫を京都の中学校に行かせたいこと、そして何分にもそのことに協力してもらいたいことを切々と訴えたのである。

　もとより、村長は林太郎に注目していた。この子を役場で使い走りとして採用したくはない。れっきとした中学校を卒業すれば、村ではエリートである。役場ではいわば上級職として採ることができると考えた。

　村長は近江から出て、京都市内で織物商として財をなした友人伊谷文章《いたにぶんしょう》を介して京都の中学校を探してもらった。

　伊谷は京都市立第一商業学校を紹介した。ナンバースクールではないが京都一商は五年制の中学であり、関西では難関校のひとつに数えられていた。

林太郎は何の苦労もなく京都一商の入試を突破した。

林太郎の家庭状況を知った伊谷は自分の家に下宿することを許した。食事代も無料、ただし小学校二年生の孫、文明《ふみあき》の家庭教師をすることが条件であった。

昭和八年三月初旬、比叡おろしの吹きすさぶ朝、林太郎は自宅を出た。行李《こうり》二個に衣類やノートなどの学用品それに土地名産の干し椎茸などを詰め込んで、今津港から大津に向かう船に乗るのである。

祖父母と両親だけでなく、朝早いというのに担任の教師や数人の友人が見送りに来てくれた。父の目には光るものがあった。父さん泣いているな。何故だろう。実の父であるにもかかわらず何もしてやることができなかったことへの不甲斐なさの涙なのだろうか。それとも息子を上級学校で学ばせるために赤の他人が親身になって援助してくれたことへの感謝の気持ちが涙と化したのであろうか。手許に置いて働かせるしかないと思っていた息子はそれに反発し、必死に勉強して浪人することもなく難関校に合格してしまった。やはり親としては嬉しい。その嬉し涙なのであろうか。そんなことを考えているうちに、やがて船はボーッという汽笛を鳴らして岸壁を離れた。岸では皆が手を振っている。林太郎も荷物を足元に下ろして両手を千切れんばかりに振った。大粒の涙が溢れた。皆が手を振っている港やその向こうに広がる森が見えにくくなったのは湖面に上がる朝靄《あさもや》のせいだけではなかった。

身元引受人にもなってくれた伊谷文章のもとでも林太郎は家族同様の扱いを受けた。孫の文明を自分の弟のように可愛がり、しかも勉強をしっかりと教える姿に感心したのであろう。文明の学業成績はみるみる上がっていった。林太郎自身も自らの勉強をおろそかにしなかった。

しかし日中戦争が厳しくなるにつれ、学生の軍需工場での奉仕が始まり授業どころではなくなった。林太郎も四年生の秋から京都の三菱工場での飛行機部品製造を手伝わされた。まさにペンを持つ手を剣を持つ手に替えさせられたのである。

＊

ともあれ五年間の学業を終え京都一商を首席で卒業した林太郎は、伊谷文章の紹介で大阪道《ど》修町《しょうまち》の高山織維会社に就職することができた。会社の寮で暮らすことになった林太郎にとっては文明少年との別れはとりわけ辛かった。彼は名門中の名門京都府立第一中学校一年生になっていた。

高山織維会社は絹織物を専門にしていたが、今やパラシュート製造で花形であった。絹は軽いうえ丈夫なのでパラシュートには最適なのである。アジア各地で戦線を拡大していった日本にとって、パラシュートはなくてはならない兵器であった。

会計と製品管理を任された林太郎は、これまでの古い帳簿を複式簿記に切り替えた。このことでいくらの売り上げがあり、借金や支払いはいくらで、どれだけ儲かっているのかが一目瞭然となった。これまでのどんぶり勘定ではない近代経営の基礎を推し進めた。結果、林太郎は高山社長の信頼を得て、入社三年目に二十歳で経理・管理課の主任に抜擢された。

このわずか三年のあいだでも社会情勢は大きく変わり戦争一色に染まっていった。戦場に送られる若者が増えた。パラシュート特需景気は嬉しいものの、国民、特に若者の命が脅《おびや》かされるようになったのである。

主任に昇進して間もなく、林太郎に電報が届いた。ウナ電ですと事務の女性が急いで持ってきた。郷里の高島村役場からであった。電文は「ソウダ　ン　シタキコトアリ　ゴ　ライガコウ　ソウムカ」と至って簡単なものであった。至急電報でよこすとはいったい何ごとだろう。まさか、父か母のどっちかが具合が悪くなったので急いで戻れでもあるまい。それなら「リンゾ　ウシ　キトク　スグ　カエラレタシ」などとはっきり書いてくるはずだ。

とにかく郷里に帰らなければならない。林太郎は電報を手にして総務部長室に行き、とりあえず三日間の休暇を申請した。部長は、「滅多なことがないことを念じてます」と快く許可を出してくれた。

＊

村長は林太郎を見て、よう帰ってきてくれたと喜んだ。

「いえ、只今は三日間だけ休暇をいただいてきたのです」

と林太郎は言った。

「あ、そうだったのう。いや無理言うて来てもろうて、済まんことです。実はまだ話は詰めてはおらんが、この役場にも人がおらんようになって大変なんじゃ」

「どうしてです。前は多かったではありませんか」

「それが、林太郎君、五人も兵隊に取られてしもうて。いや、取られたなんて言うたら、えらいことになりますな、時節柄」

村長は周囲を見渡すようにして声を落とした。

「出征した五人はこの村の誇りです。名誉の入隊をしよりました」

「五人もですか。それはおめでたいですね」

林太郎も世間並みの挨拶を返した。

「しかし、補充がつかんのよ、後の。役場の職員は公務員やさかい、誰でもいいというわけにはいかんやろ。やはり保管すべき文書などはきっちり書けんならん。特にこの時期は県庁とのやり取りが多くなってな。徴兵《ちょうへい》に関するやり取り、それに戦死、ああこれは名誉の戦死と言わんならん、名誉の戦死をなすった英霊の取り扱いなどは慎重にせにゃならんでしょうが。それで林太郎君、君に帰ってきてほしいのや。書記の身分を用意させてもらいます。書記と言えば君の父さん、林蔵さんはおととし、もうえらい言うて辞めはったけど。林蔵さんの頃の書記と今では仕事の内容も量も違っているから、しまい頃は林蔵さん大変やったと思うなあ。それに林蔵さんも年取ってきたさかい、君に傍にいてほしいんと違うやろうか。それは別として君はまだ若いから大抜擢ということになるが、この村の秀才で、中学に行き、そこを首席で卒業となれば誰にも文句を言わせません」

　そして最後に小さな声でこう付け加えた。

「国は盛んに、八紘一宇《はっこういちう》、大東亜《だいとうあ》共栄圏《きょうえいけん》と言い出したな。この調子だとこれからますます徴兵に次ぐ徴兵で日本には若者がいなくなってしまうわ。徴兵猶《ゆう》予《よ》といって兵隊にならんでええ制度はあるんやが、それには条件があるのや。医学校に行っとる学生や兵器工学の学生がそれに相当するんやけど、役所でも例外的に徴兵猶予になる部署があることはある。実は君にその仕事に就いてもらおうと思うとる。そのことは内々に県庁には伝えてあるしな」

　つまり村長は五人も少なくなって役場業務が滞ってしまったのをひとりだけでも補充しようというのだ。そしてその者が徴兵されないようにしたというのである。医学生でもない林太郎は、自分が徴兵猶予になることに後ろめたさを感じた。しかし役場の業務も大切であることは幼い頃から父の仕事を見てきたのでよくわかる。ここの業務が滞ってしまえば住民が生活できなくなるのだ。自分が役所できっちりと仕事をすることは銃後の守りになるのではないかと自分自身に言い聞かせて、林太郎は村長の要請を受けることにした。

高山繊維会社へは村長が直接高山社長に電話してくれた。村役場の業務停滞の窮状を訴えたことで社長としては林太郎の辞職を承認せざるを得なくなった。

十二歳で京都一商に学ぶために郷里を出た林太郎は、卒業後大阪の会社で三年働き、二十歳で郷里に戻ることになったのだ。

林太郎の辞令は「書記に任ず　併せて徴兵召集事務取扱掛《かかり》を命ず」というものであった。

徴兵事務は入営命令書、いわゆる「赤紙《あかがみ》」を入営候補者に手渡す仕事であるが、これを郵便業務として郵便配達夫が行うことはできなかった。たとえ書留郵便で配達して住所地の家に確実に届けることはできても、本人に手渡すことにはならないからである。確実に入営させるためには直接本人に会い、文字通り手渡す必要があったのである。そのために役場の担当者が足を運ばなければならないのだ。このことは徴兵召集事務取扱掛に課せられたもうひとつの業務にも当てはまる。戦死者の死亡告知書（公報）を遺族に確実に届ける業務である。この一連の手続きは遺族年金の給付や村主催の招魂祭への遺族の招待、さらには靖国神社参拝といった事業につながる。だから間違いなくしかも迅速に、そして厳《おごそ》かに事を運ばなければならない。林太郎はまだ若かったが、黙々と仕事をこなした。

二章　国家と個人

林太郎が郷里に戻って半年が過ぎた十二月初旬、日本中を異様な興奮に陥れる事態が勃発した。日本海軍航空隊が米国ハワイの真珠湾軍港を攻撃し、日米開戦の火蓋が切って落とされたのである。連合艦隊司令長官山本五十六《いそろく》の指揮のもと、ハワイの米軍港とそこに停泊中の軍艦を完全に破壊したことで日本は沸きに沸いた。もう戦争に勝ったかのような空気が日本の空を覆った。

緒戦、日本は破竹の勢いであった。林太郎も国力が歴然と異なる両国でこんな奇蹟が起こったのは、日本人の精神力と胆力が欧米人とは違うからだろうと思うようになった。

年が明け、昭和十七年に大日本帝国は大東亜共栄圏構想を東南アジア諸国に向かって発した。日本が東南アジアの国々のいわば「兄さん」役に徹してアジアを欧米の搾取から守ると宣言したのである。ソビエトのアジア進出を防ぐためには満州を、アメリカからの支配から脱するにはフィリピンを、オランダの支配を終わらせるにはフランスの植民地になっているインドシナをそれぞれ独立させなければならない。さらに、インドやビルマを解放するために宗主国である大英帝国を追放しなければならない。

この壮大な構想実現のために日本軍は東南アジア各地域に次々と軍隊を送り込み、戦線を拡大していった。東南アジア諸国は日本という「兄さん」のお蔭で自分たち「弟」は欧米諸国のくびきから解放されたと喜んだ。だが「弟たち」は間もなく気付いた。日本軍は圧制者を追い払ってくれたが傀儡《かいらい》政府を設立し、そのまま居座ったのである。

豊富な資源を保有する欧米諸国、とりわけアメリカには国力があった。次々に強大な軍備と兵力を携《たずさ》えて反撃に転じてきた。日本国民にはそのことは一切知らされていなかった。厳しい情報管理がなされていたからである。知らされるのは日本軍の華々しい戦果のみであった。

アメリカの軍艦を轟沈《ごうちん》させたと大本営が発表し、国民が万歳を叫んでいる陰では、わが軍はその数倍もの軍艦や零式《ゼロしき》戦闘機などの艦載機、それに将兵数千人が海に沈んでいたのである。多くの国民はその事実を知らなかったが林太郎は何かおかしいと感じ始めていた。

昭和十八年四月に高島村は周辺の村を合併し高島町になった。ちょうどその時期に滋賀県を通じて、高島町に陸海軍本部から要請が入った。徴兵者の数を増やすようにというのである。徴兵者が増え、それと並行して遺骨となって無言の帰国をする兵士の数も増えた。林太郎は休む間もなく働かなければならなかった。一週間働き詰めに働く者を讃える歌として「月月火水木金金」が流行《はや》ったのもこの頃であった。

高島村が町に昇格した直後、日本中を震撼させる事態がまた起こった。山本五十六連合艦隊司令長官が作戦指揮中に死亡したと大本営が発表したのである。国民の英雄と崇《あが》められていた山本海軍大将の死は国民に大きな悲しみだけでなく不吉な予感も与えることになった。

連合艦隊司令長官がおめおめと死ぬか？　しかも長官は大本営が発表した日より一カ月以上も前に戦死したらしいとの噂が出始めた。その噂は静かにそして急速に広がっていった。

だが死亡時の状況などは明らかにされないまま、山本五十六海軍大将の国葬が六月五日に行われた。

軍神と言われた山本五十六の死を境にしたように戦いの雲行きは怪しくなっていった。米英を中心とする連合国軍の反撃は厳しさを増し、日本軍が占拠していた地域を次々と奪い返し始めたのである。

武器弾薬をはじめ食糧医薬品も乏しい中、日本軍の取り得る戦法は人海戦術しかなくなっていった。各地で玉砕が伝えられるようになった。それに伴い、林太郎はますます忙しくなった。心身が消耗する仕事であった。

昭和二十年四月には日本軍最後の本土防衛拠点である沖縄に米軍を主力とする連合国軍が襲いかかった。米軍は五十五万人もの将兵を投入する大作戦であり、三カ月もの激しい戦いの末、日本軍は壊滅した。日本は将兵九万人を失ったが、米国も一万三千人が戦死した。

しかし日本は未だ屈しなかった。残るは本土決戦と大本営は考えたのであった。日本列島は山が多く平地は少ない。だから本土決戦になれば日本は有利だ。攻める米軍は急峻な細い山道に戦車を走らせることはできないし、日本兵を探すことも難しいが、地理を知っている日本軍はゲリラ戦に持ち込むこともできるからだ。大本営は本土決戦を勝ち抜くために若者という若者をことごとく徴兵することに決した。徴兵猶予の例外などは吹っ飛んでしまった。

そして当然のこととして、軍本部は滋賀県高島町役場書記徴兵召集事務取扱掛木津林太郎に入営命令書を通達したのである。

全く厳かにして奇妙なことであるが、滋賀県に代わって高島町役場書記徴兵召集事務取扱掛木津林太郎が入営命令書を作成し、それを林太郎本人に確実に手渡したのであった。

木津林太郎は滋賀県人である。それなのになぜ自分が昭和二十年八月一日に三重海軍航空隊に入営したのかわからなかった。

本来、入営は本籍地の軍隊と決められていた。滋賀県の八日市《ようかいち》には陸軍飛行連隊があった。それなのに他県の航空隊に入営せよとの命令が来たのはすでに日本の軍組織そのものが崩壊しつつあるのか、それとも手っ取り早く航空兵を作り上げ戦地に赴《おもむ》かせようとしたのか林太郎の知るよしもなかった。とにかく日本はアメリカに対する抵抗の捨て石として若者を駆り出したのだ。彼らを飛行予科練習生として短期間教育し、爆弾ひとつ抱えて特攻隊員として大空に飛び立たせなければならなかったのだ。

＊

八月一日午前九時、三重海軍航空隊に出頭した林太郎らの予科練生は身体検査のあと、担当の兵長の誘導で割り当てられた各兵舎に連れていかれた。予科練生は三十人の小隊に分けられ、それぞれ少尉である小隊長の指揮下に置かれた。

林太郎ら三十人の前に立った小隊長は中肉中背ながら精悍《せいかん》な顔つきで、いかにも職業軍人といった三十代前半の男であった。彼は射るような目をしてこう訓示した。

「小官は猪岡《いおか》光雄少尉である。貴様たちの小隊長を拝命した。貴様たちも知っているように、わが国は目下厳しい戦況下にある。今こそ我々は奮起し、一致団結してこの国難に当たらなければならぬ。貴様たちは本日から個人たる自分を捨て、国のために命を捨てる武士《もののふ》にならねばならぬ。不肖《ふしょう》海軍少尉猪岡光雄が貴様たちを鍛え上げるから左様心得よ。ああ艱難《かんなん》汝《なんじ》を玉にす。以上である」

猪岡光雄少尉の顔は上気していた。古い言葉を並べ立て自分の言葉に酔っているのだと林太郎は思った。その時、

「第三小隊小隊長猪岡光雄少尉殿に敬礼」

の声が上がった。当番兵長であった。

予科練生はぎごちなく敬礼をし、小隊長対面式が終了した。このあと当番兵長が予科練生に一日の時間割を示し、さらに生活上の細かい指示を与えた。

＊

翌日、午前八時、朝食を済ませた予科練生は広大な飛行場の中央に整列していた。太陽はすでに中空にあり、強烈な熱波を予科練生に浴びせた。それを遮る術《すべ》はなかった。林太郎はくらくらとした。その時「航空隊司令殿の訓示」という声が響き渡り、ざっという音とともに将校や下士官が一斉に直立不動の姿勢を取った。予科練生たちも慌ててそれに倣《なら》った。林太郎から眠気が一瞬に吹き飛んだ。

海軍大佐航空隊司令の訓示のあと、猪岡小隊長の前に整列した我々であったが、飛行場のどこを見渡してもあの小型で精悍な零式艦上戦闘機を見ることはできなかった。飛行場を取り囲むようにして幾棟かの建物があった。薄茶色と緑の塗装を施された建物は、上空からそれとはわからないように迷彩塗装をした積もりなのだろう。あんなへたくそな絵を描いて、かえって敵に見つかるわ。林太郎は思わず吹き出しそうになったが慌ててそれを呑み込んだ。ここは戦場なのだ。少なくともこの飛行場の延長線上に死闘が繰り広げられている戦場があるのだ。そう考えて歯を痛いほどくいしばった。あの奇妙な建物の中に零式戦闘戦が格納されているのだ。大切な零戦《ゼロせん》だ、炎天下にさらしてはおけまい。

だがそれはおかしな妄想だった。上空のB29爆撃機からは何もかも丸見えだ。地上に飛行機が見当たらなければ、よく目立つ奇妙な建物に一トン爆弾を落とせば、一発ですべてが木っ端微塵に吹っ飛んでしまうではないか。

訓練初日、我々に与えられたのは銃ではなく円匙《えんび》であった。敵性語であるショベルやスコップではなく円匙を担がされたのである。

林太郎は京都一商の教練の時間に模擬銃を担ぎ行進をさせられたが、円匙を担いだことはなかった。予科練生であっても最下級の二等兵である兵士に、なぜこんなショベルを担がせるのか腑に落ちなかったが、命じられるままに歩調を合わせて行進した。

突然、「全隊止まれ」という猪岡小隊長の大音声《だいおんじょう》が鳴り響いた。

「おい貴様、一歩前に出ろ。名を名乗れ」

怒りに顔を真っ赤にした小隊長が指さしたのは私だった。

「はい。木津林太郎であります」

「貴様、ふざけているのか。背負った円匙を見てみろ」

私が首を回して上を向こうとした矢先、近づいて来た小隊長は力任せに私の頬を殴った。目から火花が飛び散り、私はそのまま地面に倒れた。

「立て」

と赤鬼は叫んだ。私はよろよろと立ち上がった。また殴られた。口の中でがーっと音がして生温かいものが口いっぱいに広がった。折れた歯が頬の内側に突き刺さったのだ。それでも私は立ち上がった。直立の姿勢を取らなければこの先どんな恐ろしいことが起こるかわからない恐怖がそうさせたのだ。唾液の混ざった血が口から噴き出した。私の足元の夥《おびただ》しい血塊を見てさすがの小隊長もひるんだのか、それとも殴られてもよろよろと立ち上がる私を見てひるんだのか殴るのをやめてこう叫んだ。

「円匙の腹を上に向けて担ぐ馬鹿がどこにおる。貴様だけだ、この三十人の隊の中で。これから共同して作業せにゃならん。わかったか」

直立不動の姿勢で「はい」と答えたが、声にはならず代わりに口から大量の血糊《ちのり》が吐き出された。いつまでも血をだらだらと流し続ける私を持て余した小隊長は兵舎に帰るようにと命じた。私は円匙を引きずるようにして兵舎に戻った。

この日は僚友たちが兵舎の裏にある井戸からくみ上げた水をゴム袋に入れて私の顔に当ててくれた。顔は火照《ほて》って瞼《まぶた》も口も開かず夕飯も食うことができなかった。ゴム袋はすぐに温かくなった。僚友たちは代わる代わる井戸と兵舎を往復した。

翌日になっても顔の腫れは引かず、顔だけでなく全身の痛みで起き上がることができなかった。殴られて地面に叩き付けられた時のダメージが出てきたのであろう。

僚友のひとりが代表して、作業開始の前に猪岡小隊長に木津二等兵は夏風邪をひき高熱が出ておりますと申告に行った。小隊長はそうかと言ったままであった。

翌朝、私は作業に出た。意地でも出てやろうと左はまだ半眼のままだったが足を引きずるようにして整列した。

「おう貴様、今日は円匙をちゃんと担いでおるな。それが帝国軍人だ。覚えておけ」

猪岡小隊長は私を凝視しながら言った。そして驚くことに小隊長はこう続けた。

「今日は、塹壕《ざんごう》構築を休止する。その代わり貴様らにいいものを見せてやる。円匙をそこに突き立てて、俺のあとについてこい」

残虐心の持ち主である小隊長も、腫れ上がってお岩のようになった私の顔とその半ば挑みかかるかのような気迫を感じ、それを逸《そ》らそうとしたのであろうか。いいものを見せてやる、は彼の精一杯のサービスなのか。

我々は二列縦隊で歩調を取り小隊長に従った。どうやら目的地は五百メートルほど先にある飛行機格納庫らしい。重い格納庫の扉に数人が取り付き、やっとの思いで開けると庫内に土ぼこりが舞い上がり何も見えなくなった。だがすぐに飛行機が一機ぼんやりと浮かび上がってきた。オーッという歓声が上がった。

零戦だ、零式戦闘機だ。誰かが叫んだ。

「何だって、あれが零戦だと」

猪岡小隊長が叫んだ。

「貴様ら田舎者が。あんなにずんぐりしていて空中戦ができるか。よく見ろ」

確かに肥っていた。少年雑誌に描かれていたあの精悍な戦闘機の形ではない。私は雑誌の付録についていた零戦の模型を、胸をときめかせながら組み立てたことを思い出した。やっぱりあの戦闘機とは違う。私がそう思い巡らしている時、小隊長は怒鳴った。

「あれは白菊《しらぎく》という練習機だ。覚えておけ」

我々は小隊長の命令で白菊を格納庫から引き出すことになった。胸躍らせながら白菊に近づいていくと、しばらく訓練に使用していないことが誰の目にも明らかになった。磨き上げておかなければならない貴重な軍用品が埃《ほこり》を被ったたままであった。小銃一挺《ちょう》にしても天皇陛下から貸し与えられたもので日頃から手入れを怠りなくすることを求められているのに、この練習機はどうしたことなのであろう。

「今燃料が不足している。だから自力では動かん。皆で引け」

と小隊長が命じた。

脚部と両翼に綱を回し、兵たちは恐る恐る引き出した。白菊はギイギイと不気味な音を立てながら格納庫を出た。車軸と車輪も錆びついているので悲鳴を上げたのだ。五十メートルほど引っ張っていったが、その場所に窪みがあることに気が付いた。この場所が練習機白菊の屋外の定位置であったのだ。とりあえず皆で白菊の掃除をすることにした。誰ともなく囁《ささや》く声が聞こえた。

「おい俺たちの練習機はこれ一機だけらしいぜ。燃料不足で飛び立てんのやろう」

「ガソリンがあってもよ、こんな張りぼてじゃおえりゃせん。プロペラ錆びついとろうが」

「私語はするな！」

顔を真っ赤にした猪岡小隊長が拳を振り上げた時、突然サイレンが鳴り響いた。空襲警報発令であった。そのサイレンが鳴り終わったのと同時に空から爆音が聞こえてきた。空襲警報が鳴ってからおよそ十分後に敵機襲来が常であると聞かされていたのに探査機能まで落ちてしまったのか。

「敵機襲来、敵機襲来、全員塹壕まで走れ」と猪岡小隊長が絶叫したが爆音にかき消された。

我々は命じられるままに塹壕めがけて突っ走った。私も走った。だが塹壕の数メートル手前で石につまずき前のめりに倒れた。這っていこうとしたが焦るばかりで進まない。その時、私の手を掴む者がいた。「こっちに来い、ここが空いている」と怒鳴ったのは吉田であった。吉田に引っ張られて塹壕に這いずりながら逃げ込んだ。だが一昨日から掘り始めたばかりの塹壕は浅すぎて身体全体を隠すには至らなかった。銘々が壕の近くに突き立てたままになっていた円匙を引き抜いて頭を覆った。誰から命令されたわけではないのに本能的な反応であった。

ダダダと鋭い音とともに土煙がラインを引いて上がった。戦闘機による機銃掃射であった。土煙は私が入った塹壕の縁を縫って北に進んでいった。やがてカンカンという金属音に続き建物が崩れるような音に変わった。私は恐る恐る顔を上げてその方向を眺めた。練習機白菊が爆撃されたのだ。白菊は腹を上にしてひっくり返っていた。我々のトラの子が惨めな姿で横たわっていた。敵機はそのまま飛び去ったが、わが軍が応戦することはなかった。あまりに突然のことでその暇《いとま》がなかったのか、応戦しようにももはや十分な装備がなかったかのどちらかであろう。

あとから聞いた話では、アメリカはすでに日本周辺の制空権を握っているので、もうやりたい放題なのであった。グアム島から飛び立ったB29爆撃機は悠々と日本の本土までやってきて軍需工場を爆破するだけでなく、焼夷弾《しょういだん》を市街地にばらまいてきたのだが、それだけでなく日本近海に迫った航空母艦からは戦闘機が飛び立ち、まるで鷹が獲物を捕らえるように軍関係施設で働く兵を鋭い目で見つけると機銃掃射を加えるのだ。

三重の海軍航空隊に対し繰り返し機銃掃射を加えなかったのは、もはやこの航空隊は「死に体」であり、彼らは興味本位でちょっと脅《おど》しただけなのであった。本来の攻撃目標はこのちっぽけな海軍航空隊ではなく、その数十キロメートル先にある名古屋市とその周辺に広がる重工業地帯、とりわけ軍需工場であった。だが行きがかり上の脅しであっても地上にいる者にとっては脅しどころではなかった。隣の兵舎の小隊長は気丈にも塹壕に飛び込まず、将校の魂である軍刀を抜き放ち、迫ってきた敵機に向けて振り上げたが、その瞬間うっとひと声叫んだなり仰向けにひっくり返った。機銃弾が彼の身体を吹き飛ばしたのだ。夥しい血が赤土に吸われていった。

＊

静けさが戻った時、私は低い呻《うめ》き声に気付いた。土を払いのけて壕《ほり》から這い出した私が見たのは、壕の中で呻いている吉田であった。彼を覆っている土は薄く、その土は血で染まっていた。

吉田が呼吸しやすいように彼の顔の土を払いのけた時、目にしたのは、顔面の下半分が潰《つぶ》れた吉田の姿であった。左目は飛び出し辛《かろ》うじて耳の上に張り付いていた。呻き声は喉《のど》が抉《えぐ》られそこから空気が出入りしていた音であった。

「吉田、敵は去《い》った。もう大丈夫だ」

私は吉田の耳元で叫んだが返事はなかった。

「吉田、俺だ、木津だ。聞こえるか、今ここから出してやるから。心配するな。すぐ軍医殿を呼んでくるからな」

吉田はそれに答えず、喉から大きな血の塊《かたまり》をがっと吐き出した。血は次から次に口腔《こうくう》に溜まった。私は両手を吉田の口に差し込み血塊を掬《すく》い出した。生ぬるい感触に耐え切れず血塊を放り投げたが再び喉から血が流れ出てきた。彼の顔色は見る見る蒼白になっていった。うろたえた私は再度大声で吉田の名前を呼んだ。彼はかすかに顔を左右に振った。それにつれて眼窩《がんか》から飛び出した左の眼玉は耳の上でブランコのように揺れた。吉田の両手はゆっくり動いたようだった。そして手のひらが合わさったと同時に彼の喉笛《のどぶえ》が止まった。

吉田赦《ゆる》してくれ。俺が貴様を殺したのだ。貴様は敵機に追われてつまずいた俺を助けようとして撃たれたのだ。俺など放っておいて塹壕で土を被って身を隠せばこんなことにならなかったのだ。人に情けをかけたばかりに自分が犠牲になるなんて。赦してくれ吉田。

心の中で詫びながら彼の毛髪を切り取りポケットに入れた。軍組織も崩壊しているこの時、吉田の遺骨が親元に届くかどうか。せめて私が毛髪だけでも届けてやろうと思った。

＊

翌日の朝礼で全員を前に航空隊司令は昨日の攻撃で三十五名の死者と八十一名の負傷者が出たと言った。士官下士官合わせて二十二名、予科練生徒三百名、計三百二十二名中、百十六名が死傷したのである。「わが三重航空隊にとって掛け替えのない人材を失ったことは痛恨の極みである」と述べたあと、航空隊司令はこう訓示した。

「敵機は低空飛行でわが軍の探査をかいくぐり攻撃を仕掛けてきた。わが方の被害は軽微でありこれは日頃の我らの訓練の賜物《たまもの》である。しかるに、練習機一機を失ったのはかえすがえすも残念である。練習機といえども畏《かしこ》くも天皇陛下からの御下賜品《ごかしひん》である。それを毀損《きそん》したことは誠に申し訳ないことである。我らは一層米国に対し敵愾心《てきがいしん》を燃やし、かの国に対し鉄槌を下さんことをここに誓うものである。一同奮闘努力せよ」

副官が航空隊司令殿に対し捧げ銃《つつ》の号令をかけ、全員それに従い、しばらくして解散した。

三十五名もの死者のうち一名は将校、二名は下士官で、残りの三十二名は予科練生徒、すなわち兵卒であった。これほど多くの死者が出たにもかかわらず航空隊司令はその死を悼《いた》む言葉を発しなかった。まさに上級将校から見れば兵卒は消耗品だったのである。

この日は死体処理のため通常訓練は中止となった。夏の暑い時期であったから死体はすでに腐敗が始まっており、布に包んでいたものの異臭が漂っていた。我々は手拭いを二重にして鼻と口を覆い、数体ずつ死体をリヤカーに載せ、飛行場外れの草原まで運んだ。すでに組まれている材木の上に数体を置き、その上にさらに材木を積み、少量のガソリンを撒《ま》いたあと火を放った。すでにあらゆる資材は底をつき、死者一人ひとりの棺《ひつぎ》さえ調達できなかったのである。火は激しく燃え上がり火の粉が舞った。しばらくすると、がさっという音に続いて火の櫓《やぐら》が崩れ落ちた。下に積んであった材木が燃え尽きたのだ。火勢は一層強くなり火の粉も舞い上がったが、櫓のあちこちで急に火柱が立つのは死体から出る油が燃料と化していたのであろう。

私は中学生の時、図書室でたまたま目にした『世界地理　印度篇』を思い出した。インドでは死者が出ると遺族たちはガンジス川のほとりに木を積み上げ、その上に遺体を置いて焼くのであるとの記載があった。そこに付された数枚の写真と同じ光景が目の前で繰り広げられていた。『世界地理　印度篇』にはさらにこう記されていた。

「遺体は完全に焼き尽くされると遺灰だけになる。遺族はその遺灰をそのまま母なるガンジス川に流す。したがって印度には墓というものがない。この川は地域住民にとっては生活上大切な川であり、飲み水に用い、米や野菜を洗い、洗濯をし、沐浴《もくよく》もするが葬送川でもあるのだ」

インドでは川は日常の生活現場そのものであった。その生活現場で死の象徴である遺灰が流されていく。死は生の延長に過ぎないのではないかと当時の私は思ったのであった。

　今、目の前で同じ光景が繰り広げられている。吉田を含め若い数十体もの遺体が真っ赤な炎を上げながら燃えている。インド人は、肉体は焼かれ川に還り、魂は天に昇ったのであろう。しかし目前の戦友たちは生の延長としての死であるとは到底《とうてい》思えなかった。戦友たちは無慙《むざん》な死を遂げ、単なるむくろ、単なる物体としてここに焼かれているのだ。親兄弟、恋人たちに見送られることなく無造作《むぞうさ》に積み上げられた材木の上で焼かれているのだ。これでは成仏《じょうぶつ》できまい。そう思うと彼らが哀れになり、このような無駄な死を若者に強制してきた軍組織、国家、あらゆる権力組織に対する怒りが込み上げてきた。今焼かれている吉田は私に代わって死んでくれたのだ。私は時折吹き寄せる煙にかこつけて涙を流し、声を立てずに泣いた。

三章　老師公案《ろうしこうあん》

昭和二十年八月十五日の朝、我々予科練生はいつものように朝飯を済ませ、塹壕構築に出る準備をしていた。その時伝令がやってきて、午前中の訓練はすべて中止する。追って指示があるが、それまで兵舎内で待機せよとの航空隊司令からの命令を伝えた。一瞬ざわめきが起こったが、すぐ静かになった。あのきつい作業から解放された我々は銘々ベッドに寝転んだり、椅子に座り込んだりした。私は椅子に座ってまどろんでいたが、ひそひそ話が聞こえてきた。

「昨日《きのう》、俺は飯上《めしあ》げ係の当番表を届けに内務班長殿の部屋に行ったのだが、そこではみんなが広島と九州の大きな都市が二つアメリカの大型爆弾二発で跡形もなく吹き飛んでしまったらしいと話しているのだ。軍隊も民間人も全滅したようだとも言っていた。俺がいるのに気付いて、これは誰にもしゃべるなときつく釘を刺されたから今まで黙っていたんだ」

「そんなあほなことってあるかよ。飛行機ほどの大きな爆弾落としたってそんなことにならんやろ」

と別の予科練生が言うと、もうひとりが、

「都市が二つ吹っ飛んだってどうってこたないやろ。天子様のおらはる東京だって三ヵ月前に焼け野原にされて、十万人がとこ焼け死んだって言うやないか」

と平然と言い放った。

「あれは、焼夷弾という油の入ったやつを何万個も落として家を焼いたから死者が増えたんだ」

繰り上げ卒業で東京の私大から入営してきた男がぼそりと言った。

「こんどのは違うんか」

「それはわからん。わからんけど、相手を侮《あなど》ってはいかん。蚊帳《かや》の外に置かれた俺たちが知らないだけで、敵国の中には進んだ国もあるんだ。アメリカがいい例だ。戦死した山本五十六元《げん》帥《すい》も今度の戦争には反対したと聞いている。元帥は青年将校の頃、軍事力を調査する目的で何年も駐在武官としてアメリカにいたんだ。その結果、国力はもとより軍事力においても彼我《ひが》の差は歴然としていると知って開戦に強硬に反対したんだ。そのアメリカだ。どんな兵器を作り出したか俺たちは知るよしもないんだ」

そんな会話を私は黙って聞いていた。ひとり死ぬのも一万人死ぬのも死には変わりはない、というニヒルな感情が今の私を支配していた。

しばらくして通達があった。「本日正午に重大な放送がラジオから発せられるので全員講堂に集合せよ」との航空隊司令からの命令であった。

正午前、全員が講堂に整列した。正面にはラジオが置かれ、その横に拡声器が用意されていた。司令は我々に向かって大声で言った。

「只今から、畏くも大元帥天皇陛下におかせられては帝国陸海軍の全将兵および国民に向かって玉声を発せられる。一同直立不動の姿勢をもってこれを拝聴するように」

やがてアナウンサーの声に続いてゆっくりとした声が聞こえてきた。雑音が多く聞き取りにくいうえ、漢文調で抑揚が不自然であったため何を言っているのかわからなかった。

「ベイ・エイ・シ・ソ四国《しこく》に対し」が米国、英国、支那、ソ連邦であることは理解できた。つまり今我々が戦っている相手国である。その相手国が突き付けた要求を呑むことにしたというのだ。これは大日本帝国が降伏したということではないのか。そして、敵は残虐な爆弾を使用して「無辜《むこ》」をも殺傷したとわざわざ述べているのは、この爆弾が通常の兵器ではないことを示しているのだろう。このような爆撃が続けば日本そのものが消滅するので降伏を決めたのだ。直立不動の姿勢で放送を聞いていた私の足はぐらぐらしてきた。

足だけではない、頭の中までぐらついてきた。身体の芯までも揺れているような錯覚に陥った。戦争や軍隊を美化し、天皇を神として崇める皇国史観《こうこくしかん》を子どもの頃から教え込まれ、いつの間にか自分のものになっていたのだが、それが内側から崩れているのだ。空白になった私の脳の中を天皇陛下の聞き取りにくい肉声と雑音が駆け巡った。私はそっと兵の前に立っている将校たちを観察した。直立不動であった彼らの肩は力なく下がっていた。半ばもうろうとした私の脳に、航空隊司令の凜とした声が響き渡った。

「只今天皇陛下におかせられては終戦の詔《みことのり》を発せられた。しかし小官のところにはまだ正式な通達は来てはいない。したがって諸君らはあくまでも帝国軍人として規律ある行動を取ることを要請する」

副官の「航空隊司令殿に対し敬礼！」の号令にどう応えたかは記憶にない。

宿舎に戻った私はベッドにうつぶせになり叫んだ。

「畜生、こんな負け戦《いくさ》、とうの昔にわかっていたじゃないか。なぜもっと早くあの詔とやらを発してくれなかったのだ。西の方では爆撃で何十万人も死んだそうじゃないか。その前に負けていれば吉田だって顔を吹き飛ばされて死なずに済んだのだ」

そう叫びながら私は人目も憚《はばか》らず大声で泣いた。

我々予科練生徒は八月一日に召集されてここに来たのだが、飛行訓練とは名ばかりで演習と称する塹壕構築をさせられただけだった。挙句の果て、三十二名の仲間の命と引き換えに戦争が終わったのだ。

航空隊司令は帝国軍人としての規律ある行動を取ることを命じたが、もう規律ある軍人も糞《くそ》もなかった。三重海軍航空隊はすでに魚雷を喰らった駆逐艦のように沈没しかかっており、統制が取れなくなっていた。勝手に武装解除し、倉庫にあるめぼしいものを持てるだけ持って帰郷してしまう将校もいた。その将校の指揮下の兵たちもそれに倣《なら》い、毛布、食糧、鍋など背負えるだけ背負って勝手に除隊していったのである。

だが我々の指導教官猪岡少尉はこう言い放った。

「あの玉音放送はポツダム宣言を受諾したと天皇陛下が宣言なさっただけで大日本帝国も帝国陸海軍も消滅したわけではない。それどころか軍の一部では本土決戦を叫んでいるとのことだ。正式な指令が来るまでは、わが小隊は職務を遂行する」

翌朝、点呼のあと猪岡小隊長はこう言った。

「実はこれからが戦いの真骨頂なのだ。いいか、敵はやがてわが国に上陸する。そうなれば白《はく》兵戦《へいせん》になる。その時にこそ帝国軍人の真価が問われるのだ」

小隊長は拳《こぶし》を振り上げ、顔をぎらぎらさせ、いつもより威勢がよかった。

「奴らは鬼だ。女という女はすべて凌辱《りょうじょく》し、男は去勢《きょせい》すると公言しておる。いいか貴様たち。お前らの姉や妹、妻や子がそんな目に遭っていいと思うか。敵が上陸すれば接近戦になる。一対一の戦いだ。日の丸の鉢巻きをし、白襷《しろだすき》を掛けて相手を銃剣で突き殺すのだ。これが白兵戦である。本日の演習は塹壕構築ではなく銃剣術の特訓とする」

練習機白菊は大破して腹を上にしてひっくり返っているので使い物にならず、猪岡少尉の言うように本土決戦になるなら剣付銃で藁人形を串刺しにする訓練の方が理に適《かな》っていると私は思い直した。

昼食休みの二時間を挟んで、午前午後三時間ずつみっちり訓練は行われた。先ず腹這いの姿勢で小銃を構え標的に向かって空砲を発射し、腰から短剣を抜いて銃口の下に差し込み、剣付銃とする。次に猪岡少尉の「突っ込め」の号令とともに立ち上がり三十メートル先の敵めがけて突進するのである。少しでも遅れると猪岡少尉の怒号が響き、何回もやり直しをさせられた。三十分の訓練で全員はふらふらになった。足が地に着かなくなった。

戦時を想定して米飯だけはたらふく食えたが、タンパク質が絶対的に不足していた。兵站部《へいたんぶ》がいくら努力しても魚、肉、卵などの調達が困難になっていたからである。塩引きの痩《や》せたイワシ三匹しか食べていない兵たちは栄養不良に陥っていたのだ。小隊長がいくら怒鳴り上げようが、我々は夢遊病者のようにしか歩けなくなった。やむなく小隊長は三十分の訓練ごとに十分の休憩を入れた。不思議なことにそれで何とか突撃ができるようになった。だが小隊長は満足しない。

「貴様らの突きでは敵を殺せんぞ。癪《しゃく》に障《さわ》るが敵はでかくて胸板は厚い。逆に敵に台尻で殴り殺されるのが落ちだ。いいか俺の突きをよく見ておけ」

猪岡小隊長は藁人形から三十メートルほど離れた位置に立った。右の腰に構えていた剣付銃を素早く胸の高さに戻し、ウォーッという声とともに突進し藁人形を突き刺した。よく見ると小隊長は藁人形を突く直前に、素早く銃を自分の胸元に引き戻したあと、全身の力を両腕に託して突き出したのである。しかも単に腕力ではなく、全体重を銃剣の切っ先に込めたのであった。ばしゃっという音が聞こえ銃剣は柄《つか》もろとも藁人形に埋没し、切っ先が藁人形の背中から飛び出していた。

「いいか、ちゃんと見たか。貴様らの体重のすべてを銃剣に移すのだ。素早くな。刺したら直ぐ引き抜け。腰をぐっと引くのだ。もたもたしていたら、銃剣は敵の筋肉に噛みつかれて抜けなくなる。それで身動き取れなくなれば、一巻の終わりだ。敵に銃弾を浴びせられるか銃で殴り殺されるのが落ちだ」

そう言うと、猪岡小隊長は自分の銃剣術が未だに威力があることに気をよくして、我々全員に何回も同じ動作を繰り返させた。

私は、京都一商五年生の時、正規の授業に組み込まれた軍事教練を思い出していた。配属将校は予備役《よびえき》の大尉であったが、正規の訓練のほか、銃剣術を教えてくれた。銃剣の捌《さば》き方が実に滑らかで、彼の腕の一部であるかのように流れるように動いた。それでいて要所要所に力が漲《みなぎ》っていた。彼は、この銃剣術という武術は中国の太極拳《たいきょくけん》が源であろうと言った。太極拳は守りに徹するのであるが、敵の執拗《しつよう》な攻撃には迅速に反撃するのだとも言った。

「諸君たちはこの守りが大事であることを忘れてはならない。ややもすれば攻めることばかり考え、それが勇ましいと思うだろうが、守りはそれと同様、いやそれ以上に大事なのだ。古来そのことをおろそかにした国は亡びたのだ」

そう言って太極拳をその開始である起勢《チーシー》から終了の収勢《ショウシー》まで演じてくれたが、特に大尉の演ずる高探馬《ガオタンマ》はその動きの敏捷《びんしょう》さにおいて圧巻であった。自らを守りに守った末、反転して敵を攻撃したのである。右手指すべてを纏めて穂先とし、右肘《みぎひじ》を曲げると同時に自身の耳をかすめて前方に右腕を突き出し、相手を一瞬にして刺し貫いたのであった。

今、猪岡小隊長が我々に見せた銃剣術には教練で派遣将校が演舞で見せた太極拳の要素が入っていると私は思った。これが銃剣術の極意なのだ。右腕を前に突き出す力の源は上肢にあるのではない。右腰のひねりと右下肢の強い押し出しが右腕に力を付与しているのだ。

それに気付いた私は午後の訓練も終わろうとする時、最後の力を振り絞って藁人形に突っ込んだ。私は藁人形の手前でぴたりと止まったが、突き刺された藁人形はそれを支えている木の柱とともに倒れた。オーッという歓声が上がった。

「貴様、名前は何といった？」

猪岡小隊長が私に言った。

「はい、木津林太郎であります」

「そうか木津予科練生。貴様よくできた」

小隊長は初めて笑顔を見せた。そして全員に向かって言った。

「貴様たちよく聞け。木津は銃剣術を会得《えとく》した。やはり俺が目を付けただけのことはある。塹壕構築の時は痛い目に遭わせたが、見込みがあると思えばこその指導であった。それが実を結んだのだ。本日のところはこれで終了する。明日は朝から、木津予科練生を助手にして銃剣術を行う。しっかり身に付けて白兵戦に備えるのだ。わが国を敵兵の蹂躙《じゆうりん》のままにさせてはならぬ。女、子どもを奴らの餌食《えじき》にしてはならんのだ。わかったか。解散」

三十分早く過酷な訓練から解放されて、我々は足を引きずるようにして兵舎に戻った。それでも僚友たちは口々に、「木津助かった、ありがとう」と言った。私は共同生活をして初めて感謝された。面映《おもは》ゆかったが嬉しかった。

＊

玉音放送から四日目の朝、我々の班はいつものように点呼を取られたが、猪岡小隊長は静かに言った。

「本日をもってわが班は武装解除する。武装解除だ。言葉の通り貴様らが身に付けている官給品はすべて返納し銘々帰郷してよい。銃も鉄兜《かぶと》も置いて行け。軍服も本来返納だが、それを着て帰ることは自由である。ただ階級章などはすべてはぎ取っておけ。あとは各自帝国軍人であったことを誇りに生きてゆけ。以上だ」

あのぎらぎらした顔ではなかった。何が彼をここまで変えてしまったのか、皆目見当がつかなかった。ある班は八月十五日を除隊日にし、ある班は十六日、そしてわが班は十九日が除隊日になっただけのことであった。

これまで、身に付けたというより身に滲み込んだ価値観も道徳観もすべて失ってしまった私はまさに虚脱状態であった。私は去って行く僚友たちに、自分は今夜はこの兵舎に泊まることにするとだけ告げた。まさか巡視隊が来て追い出すこともあるまい。

その夜、同じく兵舎に泊まることにしていた僚友が重大なニュースを持って飛び込んできた。我らの猪岡小隊長が夢遊病者のように倉庫に歩いていくのを見た僚友がそっとあとをつけていった。小隊長は合鍵らしきものをポケットから取り出し、倉庫の鍵をはずし中に入ったのだ。僚友はわずかに開いている扉の隙間から覗くと、小隊長が棚にあった背嚢《はいのう》を引きずり下ろし、その中にめぼしい物を片っ端から詰め込んでいるのが見えた。そして裏口から夜陰に乗じて逃走したというのである。

「偉そうなことを言いやがって。帝国軍人を誇りに思えなどと、てめえはどうなんだ。せめて俺たちが去るのを見届けてからここを出ていくのが上官じゃないのか。それを何だ。あの野郎、ぶっ殺してやりたい」

激しい言葉を吐いたのは、日頃目立たず、ほとんど話をしなかった田中であった。

「諸君、俺は明日の夜、ここを出ることにする。そう決心した」

思い切って私はこう切り出した。自分でも驚くほど冷静に言うことができた。同期といっても入隊が同じ日というだけであって、私は彼らより三、四歳年を取っていた。そのことで彼らは私に一目置いていた。

「軍服は着て出ようと思う。世間ではすでにわが国が負けたことを知っているだろう。軍人が復員するとなれば、怪しむ者はいない。我々はお国のために戦ったのだから。だが軍服だけを着てここを出ることはない。次に糧秣《りようまつ》倉庫に行き米を徴発する。これは郷里に帰る道中の最小限の食糧だから当然ではないか。俺はそう決心した。どうだ、諸君」

二人がそれに応じた。そのうちのひとりは田中、あとのひとりは伊藤であった。私は安堵した。食糧を盗むということは犯罪である。本来ならば軍法会議にかけられて厳罰に処せられるのである。三重海軍航空隊は今無法地帯になっているとはいえ、法は法である。一方で、三人いれば巡察に遭遇しても何とか対応できそうな気がしていた。だが除隊し自分の家に帰るにしても道中の腹ごしらえが欲しい。私は何故か米にこだわった。農家の子だからと言えばそれまでだが、もうひとつは米にまつわる記憶があるのだ。

私がまだ幼い頃、祖父《じい》ちゃんがこう言ったのを覚えている。

稲刈が済んで、稲の束は稲架《はざ》に掛けられていた。祖父ちゃんは稲を一本引き抜き、籾《もみ》の中から米粒を取り出しながら言った。

「米はな、でんぷんというものが多いのだがタンパク質や脂肪も含まれている健康な食べ物なんだ。健康優良児って言葉、林太郎も知っているだろう。その健康。だからこれさえあればほかに食べ物がなくてもしばらくは生きていけるんだよ」

まだ小学二年か三年の私には米に含まれる成分のことは理解できなかったが、これさえあればしばらく生きていけるという言葉が脳裏に突き刺さっていた。三重から滋賀の高島町までどのような手段で帰り着けるか皆目わからない中、とりあえず食糧だけは確保しておこうと思ったのである。

＊

深夜に我々三人は宿舎を抜け出し、塹壕掘りに明け暮れた演習場を斜めに横切って糧秣倉庫に向かった。扉の鍵はすでに壊れていていて左右の把手《とって》に鎖が巻き付けてあった。それをゆっくりはずすと、ガリガリと鈍い音がしたが誰も気にもしなかった。中に入り懐中電灯を点けてあたりを見渡すと、大きな米袋が棚の上に並んでいた。すでに米が抜き取られた袋は無造作に床に放り出してあった。棚の上の米袋は三人でやっと床に下ろせるほどの重さであった。祖父ちゃんなら、この米をどう評価するだろう、一等米か二等米かなどと私は思った。

「俺はこの米を四升《しょう》徴発する」

と私は言った。これだけあれば半分を道中での食料、残りの半分は家に土産《みやげ》として持っていけるだろう。田舎の両親にこれを食わせてやりたい。自分たちでかつかつ食べるだけの米は作っているであろうが、これが軍隊の飯なのだ、そして下級兵士はこの飯とわずかなおかずで空腹を凌ぐのが唯一の楽しみであったことを伝えたかったのである。あと毛布を一枚と軍用地図を徴発した。これは家に帰り着く前に野宿をしなければならないだろう、その時のために必要だと思ったからであった。田中と伊藤も背嚢に米を入れ毛布を丸めて背嚢に括り付けた。ほかにも何点か選んで背嚢に詰め込んだようだが、私には関心はなかった。

私が先頭に立って倉庫を出た。米四升が入った背嚢は重かった。初め気付かなかったが百メートルも歩くと肩に堪《こた》えた。我々は胸を張り正々堂々と正門に向かった。衛兵が二名、門の左右に立っていた。私は敬礼をし、

「予科練生徒、二等兵木津林太郎ほか同じく二等兵田中および伊藤の三名、指導教官である猪

岡光男少尉殿が除隊せよとの命令を発せられたので只今除隊いたします」

と申告した。

衛兵は無言であった。そして門を開けた。

津駅までは三人一緒に歩いた。私以外の二人は津駅から列車で帰郷するのである。お互い固い握手を交わし、手を握り合い、無事を誓い合って駅で別れた。東の空がしらじらと明け始めていた。

私は軍用地図を広げ、三重の亀山方面の地理を頭に叩き込んで歩き始めた。やっと自由になれたという開放感と、ああこれで自分はひとりだけになってしまったという孤独感に気付いた時、腹の底から奇妙な感情が湧き上がってきた。恐怖心であった。その恐怖心はどうやら「憲兵」の存在から来たものであった。

ケンペイは子どもの時から知っている特殊な言葉であった。大人が子どもを躾《しつ》ける時に日本中どこでも使っていた言葉であった。

「そんなことするとケンペイさんが捕まえにくるよ」

憲兵は特別な軍人で兵隊さんを捕まえるすごく怖い人だと聞かされていたのである。辛い訓練に耐え切れず兵舎から逃げ出した兵士は脱走兵としてどこまでも追跡された。軍の警察官である「憲兵」が出動するのである。

実際、私が幼い頃、村に大勢の憲兵がやってきたことがあった。「憲兵」の赤い腕章を巻いた彼らは軍用犬を何頭も引き連れて山狩りを行った。脱走兵は出身地に舞い戻ることが多いので大掛かりな捜索を行うのである。憲兵隊の予想した通り、脱走兵は軍用犬に追い詰められ捕らえられた。彼は傷だらけの顔で後ろ手に縛られ、憲兵に引き立てられて下山してきた。

「あの捕まった兵隊さんはの、軍隊の監獄で死んだげな」

近所の人がそう言ったのを覚えている。軍隊から兵が脱落することは軍組織の弱体化につながり、国の威信を著しく損なう。だからどんなことがあっても脱走兵を捕らえ厳罰に処する必要があったのだ。

私が京都で学んでいた時も、そのあと大阪で働いていた時も「憲兵」の赤い腕章を付けた軍人を街で見かけたが、そのたびに幼い頃の「ケンペイ」のイメージが浮かび上がり胸が高鳴った。そして上官の命令とはいえ、除隊して故郷を目指す私は、今まさに心臓の波打つ状況下にあるのだ。

憲兵隊は独立した組織なのではないか。天皇は「堪え難きを堪え、忍び難きを忍び」ここで戦争をやめると言われたが、そのあとも軍事訓練が行われたところを見れば、日本の軍隊は半死半生ながらまだ生きているのだ。軍隊が生きていれば、軍の警察も生きている。私が航空隊糧秣倉庫から米四升と軍用毛布一枚、軍用地図一葉を盗んだ罪と、山狩りの末捕らえられた脱走兵の犯した罪とのどちらが重いかは知らないが、憲兵隊なら鷺《さぎ》を烏《からす》で私を重罪にすることも可能であろう。とにかく逃げよう。

私は亀山に向かう本道から西に分かれた細い山道を見つけた。その道をおよそ二百メートル登ると本道に平行に走る山道にぶつかった。

おそらく旧道なのであろう。何年か前までは村人たちが生活道路として使っていたこの細道は、ところどころに切り倒されたくぬぎの木が横たわっていた。この道なら誰にも会わずに何とか亀山まで行けるかもしれない。憲兵隊であっても私がこの道を選んだとは思うまいと、背丈ほど伸びた草を手で払いのけ、ひたすら歩き続けた。

やがて峠に出た。わずかな平坦地に木製の長椅子が二つ置いてあったがほとんど朽ちかけていた。それでも休息を取るにはお誂《あつら》え向きとそこに腰を掛けた。太陽は真上にあり顔からは汗が流れ落ちた。懐中時計は正午を指していた。喉が渇き、目がくらんだ。水を飲もうと腰の水筒に手をかけた時、人の声がした。私は急いで数メートル下まで滑り落ち藪の中に身を隠し、息を殺した。幻覚か？　津駅で二人の仲間と別れてから七時間、飲まず食わずでここまで来たのに気付いた。それで頭がやられて幻覚が生じたのか。もうろうとした頭に再び人の声が聞こえてきた。

「あれ兵隊さんやないの。何でこんなところに」

涼しい風とともに女の声がした。

「道に迷ったのやろうか。若い兵隊さんやな。まだ生きてはるな」

男が言った。

私は薄目を開けた。太陽が眩《まぶ》しかった。涼しい風を感じたのは女が麦わら帽子で私の顔を煽《あお》いでいたからである。

憲兵じゃない。そうとわかった私はゆっくりと右手を挙げた。

「おとうさん。生きとる、生きとる兵隊さん」

女が叫んだ。

「そうか、お前、そこらの木の枝折ってきて日陰作ってあげたらどないやろう」

そう言いながら男は私の口にやかんの口を押し当てた。

「少しずつ、ゆっくり飲みなはれ」

女は集めてきた枝を組んで三角のとんがり帽子を作り、それを私の体に被せた。日陰ができたことと木の葉のひんやりした感じが私の回復を早めた。

「お腹空いとるやろ。兵隊はん。こんな山道歩いてきて。何で道迷いはったん？　直ぐそこに国道があるのに」

「大通りは陽射しが強いので、日陰の道を選んだのです。それがかえってまずかったようです」

　水を飲み生き返った私はかすれた小声でやっと答えた。

「今日はとりわけ暑いさかい」

　そう言いながら女は背負子《しょいこ》の中から草餅を取り出し、食べさせてくれた。

「どこへ行きなさる」

　男が尋ねた。

「私は復員兵です。除隊命令が発せられたので郷里に帰るところでした」

「それはご苦労様でしたな、兵隊さん。お国のために尽くさはったのにこんな敗残兵のような姿でお家に帰らはるんやね。うちの村でもぎょうさん若者が死にました。今年に入ってから毎週のように白木の箱の行列でした。それでもあんた、箱に遺骨のひとかけらでも入っていればいい方で、中には小さな紙切れ一枚というのもありました。それを見て親御さんが泣かはってな」

「日本が負けたのをいつ知ったのですか」

　二つ目の草餅を腰に下げた水筒の水で飲み下しながら私は尋ねた。

「八月十五日です。村役場に皆集められて、天皇さんのお声を聞きました。雑音が混じっとったのと、難しい言葉で何もわからしません。村長はんも困ってしもうて、電話で県庁に問い合わせはって、日本はこの戦争に負けたと知ったのです」

久しぶりで食べた草餅が力を与えてくれたのであろうか。それとも親切にしてくれた二人からエネルギーが与えられたのであろうか。私は何とか立ち上がることができた。

「兵隊はん。郷里ってどちらです」

女が尋ねた。

「京都です」

こんな親切な人にも私は嘘をついた。私の脳にはまだ「憲兵隊」の文字がこびりついているのだ。

「そんな身体で歩いていかはるつもりですか」

「うちにお出でなさい。二、三日養生していかはったらよろしい。何ももてなしとてできんけど、寝泊まりくらいは何とかなるやろと思います」

私は身体の芯がとろけていくのに気付いた。この一カ月間で身体の中に塗り固められた怒り、恨み、疑い、恐怖などの重い滓《おり》が溶け始めているのだ。

男が道端に倒れていた手頃な木を鉈《なた》で切って杖を作ってくれた。それを突きながら私は二人の後について山道を下りた。

家は本道沿いにあった。小さな農家であったが茅葺《かやぶき》の屋根は最近葺き替えたのであろう、へりがきれいに切り揃えてあった。

土間に入り、上がり框《かまち》に腰を下ろすと女が水桶を持ってきて私の足を洗ってくれた。この女のしぐさは旅籠《はたご》で女中が旅客にするのとは違う気がした。竈《かまど》の鍋から掬《すく》った湯に水を足し、湯加減をみて、手拭いで私の足を包み込むようにして洗ってくれた。単に汚れを取ろうというのではない、ほかの何かがあった。すさみかけた私の心までが洗われた気がした。涙がとめどもなく流れた。

「さあお上がりになって。ちょっと横にならはったらどうです。今、蒲団《ふとん》用意しますよって」

「だいじょうぶです。自分は官給品の毛布を持っていますから」

「いやいやそれはそのままにしとかれたらいいですよ。お国のために働いて、たったそれだけ持たされてなあ」

男は感に堪えない面持ちであった。

私はたった三週間だけの兵隊だったとは言いそびれた。しかも航空兵とは名ばかりで、罵倒され、殴られ、蹴られての三週間だったのだ。兵舎で知り合った僚友も無慙な死を遂げてしまった。

私は囲炉裏端《いろり》に敷いてもらった蒲団の上でいつの間にか寝入っていた。

気付いたら囲炉裏に火がおこしてあり、ランプに灯がともっていた。

「こんな田舎にも電気はきとるんやが、今年初めから停電、停電で明治時代に戻ってしもうてな」

囲炉裏に掛かった鍋からいい匂いがしていた。鶏肉の雑炊《ぞうすい》だという。

私は一口啜《すす》っては涙を流し、二口啜ってはまた涙を流した。嬉しかった。何故見ず知らずの敗残兵のような私にこんなもてなしをしてくれるのか。思い切って尋ねようとしたが、涙が先に立ってそれを妨げた。

「兵隊さん。名前だけでも教えてくださらんか」

静寂を破って主人が言った。

「おお、わしが先に言わんならん。わしは志摩好古《よしふる》、志摩半島の志摩に好き嫌いの好きと古着の古と書いて好古、変わった名前でっしゃろ。わしの爺さんが論語から取ったらしい。何でも古いものの中に本当の良いものがあるという意味だと聞いてます。わしがご覧のような古いあばら家暮らしに満足できるのはこの名前のせいではないかと思うとります。代々百姓と炭焼きで方便《たずき》を立てておるのです。これはわしの妻まりといいます」

「志摩さんですか。私は木津林太郎と申します。木に大津の津、林に太郎。平凡な名前です。二十四歳になります。只今は大変お世話になり何とお礼申し上げていいやら」

私は正直に名前を言った。

「ほう二十四におなりか。うちのひとり息子も二十四じゃった」

ぽつりとそう言うなり好古は肩を落とした。

「林太郎さん。私らのひとり息子は去年戦死しとるのです」

「戦死ですか。そんなことも知らないで私のような者がのこのことお邪魔してしまい」

私は慌てて正座し直し、二人に向かって深々と頭を下げた。

「いやどうぞ平らになさって。あそこの仏壇、あの白木の箱が息子です。あんなに小さくなってしもうたのです。去年、村役場に送られてきました。箱の中には、白い紙切れが一枚。もう涙も出んかったですよ」

絞り出すように話す好古の姿が一段と小さくなった。

「公報には、志摩義一兵長、昭和十九年九月一日比島呂宋《ヒリピンルソン》にて名誉の戦死とありました。二等兵で行ったあれが死んで兵長になったんでしょう。この村にも戦死者がようけ出ましたさかい、わしら皆の前で悲しむことはできませなんだが、あの頃は毎日泣いてばかりいたのです」

「実は峠で林太郎さんを見つけた時、私はふっと息子に出会ったような気がしたんです。それで『おとうさん、義一が』と思わず叫んでしまいました。でも違いました。違いましたが、これも何かのご縁と思って」

まりは薄絹の擦《す》れるような声で泣きながら言った。

「かあさん、泣くのはやめなさい。泣いてもあの子は帰ってこない。この村のほかの子らと同じにな。でも今こうして一日か二日違いで戦場に送られる運命にあった若者がここに生きていてくれることを喜ぼうじゃないか」

私はこの家に着いた時、玄関前に「忌」の紙片が張ってあるのに気付いていた。この時代どこの家からも若者が出征し、無言の帰宅をしていた。古くなった「忌」もあれば新しい「忌」もあった。私は志摩家の「忌」が一年前のものだとは気付かなかったのだ。

志摩夫妻にわが子が帰ってきたようだと喜んでもらった私は、ついつい甘えて二日も世話になった。日に二本しかないが乗合自動車で亀山に出て、乗り継いでいけば京都に着けるだろうと好古は言った。

私はどうしても徒歩で行きたいと主張した。志摩夫妻はそれを止めなかったが、山道だけは避けなさいと忠告してくれた。藪をこいで行くのは疲労が何倍にもなるし、崖もあるから危険だというのである。私の心の中にはまだ憲兵の二文字が棲《す》み着いていた。できるだけ人との接触を避けながら郷里に着きたかった。

まりが作ってくれた大きな握り飯と梅干、それに食中《しょくあた》りに効く熊の胆《い》を持たせてくれての出発であった。

志摩夫妻は家の前に立ったまま、私の姿が見えなくなるまで見送ってくれた。

＊

亀山から大和《やまと》街道に入った。道は補修が行き届かず荒れたままであった。通りすがりの人に聞くと、このまま道なりに行けば、甲賀《こうが》を経て大津に着けるという。背嚢に入れたままの米はほとんど手つかずであったから肩に重くのしかかり、足腰は痛んだ。しかし息子を失った志摩夫妻のことを思えば耐えられないことはないと歩き続けた。

小さな集落を貫く通りを黙々と歩く私に、休んでいきなさい、お茶でも一杯飲んでいきなさいと声をかける人もいた。汗と埃でよれよれになった軍服姿に遍路を見る思いがしたのであろうか。まあ何もないがのう、供養をさせていただけんかのう、と蕎麦《そば》を振る舞ってくれた家もあった。

大野近くで日が暮れてきた。もう脚が痛み歩けなくなった。十字路を直進しようとした時、左禅宗妙安寺と書かれた石の道標が目に入った。それに惹《ひ》かれるように歩いていくと数十メートル先に小さな山門が見えた。地獄にホトケとはこのことかと私は思った。ここを一夜の宿にお貸しいただこう。

山門をくぐり正面の金堂に向かって拝礼ののち、背嚢を下ろし、毛布を山門の右隅の石畳に敷いた。両脚は板切れが入ったかのように硬くなり、痛みがふくらはぎを中心に上下に広がっていた。無礼だとは思いつつ、山門の柱に背中を凭《もた》れさせ両脚を伸ばした。急に眠気が襲ってきた。ここなら野犬に襲われることもあるまいと思っているうちに眠ってしまった。

＊

「もし、旅の人。どうなされた」

男の声で目が覚めた。

「ここを一夜の刈穂《かりほ》の庵《いお》にされるのも一興《いっきょう》。愚僧《ぐそう》はいっこうに構わんが、向こうにもうすこしましな部屋がありますぞ」

見上げれば作務衣《さむえ》姿の男が立っていた。

「見たところ、ご仁《じん》は軍服姿。さしずめ復員の途上《とじょう》とお見受けするが」

私は急いで起き上がり、直立不動の姿勢で海軍式の敬礼をし、

「私は三重で軍務についておりました木津林太郎であります。このたび解員《かいいん》になったため郷里に帰る途中であります。許しなく境内《けいだい》を勝手に使わせていただいた非礼をお許しください」

と詫びた。もう軍人ではないのに、とっさに敬礼をしている自分はいったい何者なのか、我ながらわからなくなった。

「木津さんといわれるか。それはご苦労さんでしたな。拙僧は峰山《みねやま》殉節《じゅんせつ》と申す禅僧じゃ。お

国のためにに尽くされたお方がこの荒れ寺の山門の下に。これもご縁というもの。よろしければ庫裏《くり》へどうぞ」

　そう言うと殉節老師は私に構わず歩き始めた。それに引かれるように私は急いで背嚢を背負い、毛布を丸めて腕に抱えて老師のあとを追った。

　夕食はまだかと聞かれたので、実は山門の下で済まそうとしたが、疲労のあまり寝込んでしまったことを話し、背嚢から志摩夫妻が持たせてくれた大きな握り飯と梅干を取り出した。

「それは好都合、二つもあるなら拙僧もひとつ馳走になろう、これもご縁」

　そう言いながら殉節老師は慣れた手つきで味噌汁を作った。大黒《だいこく》はどうされたのかと思ったが、聞くのは憚られた。

　食事のあと私は食器を流しに運び、甕《かめ》に入っている水で洗った。

　老師はもう寝《しん》についてはどうかと言った。疲れている私のことを思ってのことであろう。私は蒲団を与えられ手足を思い切り伸ばすことができたが、夢で何回も目が覚めた。夢の内容は何も覚えてはいなかった。

＊

「木津さん。目覚めたかな。朝飯にしようか」

殉節老師の声であった。寺の朝は早い。聞くと午前四時に起きて、米一合に水六合を鍋に入れ、ゆっくり一時間かけて粥《かゆ》を炊いたのだという。おかずは梅干と漬物のみであった。

「粥は椀に五杯ほどできる。あなたは若いから三杯食べなさい」

自分がまだ寝ている間に老師が朝飯の支度までしてくれたことに感謝して、押し戴くようにして粥を食べた。梅干と漬物の塩気が粥の味を引き立たせた。噛むほどに甘みが口の中に広がった。

「拙僧はこれから道場で坐禅を組むのだが、木津さんはいかがかな」

食事のあとに老師が言った。

「まだやったことがありません」

それには答えず、老師はまたしても私を置いて庫裏から出ていった。

このお方は何歳になるのであろう、六十は過ぎているであろう。この落ち着き方はどうだ、すっかり枯れていないか。どうしたらこのような精神を獲得できるのか。このヒントは何だ、それを探ろう。私は老師の後を追いかけた。

老師は小坊主《こぼうず》に教えるように優しく説明をしてくれた。

「このように足は結跏趺坐《けっかふざ》でも、それが無理なら半跏《はんか》でもよろしい。両手の指を重ねて臍下《せいか》に置き、鼻から息を吸い込み、口から静かに息を吐き出しなされ。ただただ静かにおのれの息を整えなされ。無になることじゃ、空《くう》になることじゃ。無は何もないことではなく、空は虚しいことではない。只管打坐《しかんたざ》じゃ。ただひたすら坐りなされ。大事なことは背骨をぴんと伸ばすことじゃ。頭は天空に、尻は大地に着ける積もりでな。先ほど申した手の組み方だが、法界定印《ほっかいじょういん》という組み方があるのだが、初心者は手のひらで卵をそっと抱くような形でよろしい。眼はつぶらずさりとて大きく開けず半眼にする。ひたすら坐るというても、頭の中にはいろいろな現象が生じてくる。昔の出来事や、友人との交友、出会い、別れ、あるいは喜び、怒りさまざまなことが走馬灯のようにぐるぐる回って浮かび上がる。これが業《ごう》というものなのであろう。こうなれば無も空もない。仕方がない、逃げずにその業を観察するしかない。しかし、そのうち不思議な感覚が生まれてくる。ただ坐っている自分の身体を離れて別の自分が現れ、元の自分を冷静に観察しているのだ。

貪瞋痴《とんじんち》はそれぞれ、むさぼること、怒りの感情をあらわにすること、真理を理解しないことを指すのだが、悲しいかなこのような心の働きは万物の霊長と言われている人間しか持ち合わせていないのではないかな。

今から二千五百年も前に釈迦牟尼《しゃかむに》はこのような煩悩《ぼんのう》を取り去るために坐禅をされ、遂に悟られたのだ。これが涅槃《ねはん》と言われるものだ。禅宗では坐禅を修行の中で重要視しているが、何もそれによって病気が治ったり、金持ちになったりするのではなく、坐禅によって心を清め、悟りに近づくためのものなのだ。まず坐ってみなされ」

私は半跏趺坐で坐った。五分もしないうちに足が痛くなり、我慢できずに尻の下に小座蒲団を差し入れた。これで何とか痛みが和らいだ。

しばらくすると不思議な現象が身体の中に生じた。身体が少し浮いたのである。腕は次第に短くなっていき、遂には天使の羽のようになった短い腕が肩に付いただけになった。恐怖心はなかった。

坐禅は一時間ほどで終わった。殉節老師はもっと長く坐られるのであろうが、私のことを慮《おもんぱか》ってくれたのであろう。

「どうかな」

とひとこと聞かれた。

私は身体が浮いたこと、腕が短くなって肩に痕跡的にくっついたことを述べた。老師はほーっと驚いた顔をし、

「いきなりそこまでいきましたか。木津さんは出家しなさったらいかがかね」

と言った。

「でもその間に頭に浮かんできたものがありました。それは飛行兵として死ぬための訓練の風景ではなく、アメリカの戦闘機の機銃掃射で顔を吹き飛ばされた戦友の姿でした。死は一瞬で

した」

「それは大変なことを経験され、さぞ辛かったでしょうな。本来は坐禅のあと禅宗では公案というものがあり、修行僧と老師が討論するのだが、まあこれは初心者がするものではないので置いておこう」

私は老師について庫裏に戻った。抹茶を点《た》ててもらい一服した。薄切りの芋羊羹《いもようかん》のほどよい甘さが口の中で広がり、その余韻が茶と渾然となって喉を下がっていった。しばらくして昨夜来、気になっていたことが腹から湧き上がってきて自然と口からこぼれ出た。

「ぶしつけなことをお聞きします。和尚《おしょう》様は独身ですか」

「拙僧か。いや儂《わし》は破戒僧《はかいそう》じゃ」

破戒僧？　突然そう言われて私はとまどった。破戒僧といえば、とんでもない悪事を働いた坊主のことではないか。たとえば女性を犯すなどの行為だと思うが、まさか殉節老師がそんなことをするはずがない。

「破戒僧と言われましたが私には腑に落ちません」

「公案とは師匠が弟子に問題を出して考えさせ、自ら悟らせることなのだが、何だか逆になったようだのう」

老師は笑いながら言った。

「いえ決してそんな意味ではありません。ただ私は昨夜から和尚様がすべておひとりでしてくださったので、もしかしたら奥様がご病気か何かで臥《ふ》せっておられるのかと」

「よくわかった。そのことは追々話すとしよう。だがその前に説明しておきたいことがある。日本に入ってきた仏教の多くは大乗《だいじょう》仏教といってな、御釈迦さんが説いた原始仏教とはかなり違うのじゃ。何しろインドの北の方で興った仏教は大きく三通りに分かれた。その一つは中国や朝鮮を通って日本にやってきた。やってきたというても、さっと通り過ぎてきたわけではない。御釈迦さんと同じ時代に中国では孔子や老子という偉大な思想家が活躍していたことは、君も学校で習ったことがあるだろう。孔子の教えは儒教、老子は道教だな。彼らの思想は当時の中国の貴族や王族に受け入れられていたから、そこにやってきた仏教もその影響を受けてかなり世俗的にならざるを得なかった。その世俗的仏教つまり大乗仏教が日本にもたらされたということになる。こんなことを聞いても君は興味ないか」

「いいえ、知りたいです。老師が自らを破戒僧と言われたのが気になっているのです」

「さっき釈迦の教えは三通りに分かれたと言ったな。ひとつは中国大陸や朝鮮を経て日本に来た大乗仏教。もうひとつはインドから北に向かってチベットに広まったチベット仏教。あとのひとつはインドを真っすぐ南に進みビルマやタイ、セイロンに伝わった南伝《なんでん》仏教だ。大乗仏教はこの南伝仏教を馬鹿にして小乗《しょうじょう》仏教と言っておるが、釈迦の教えを忠実に守っているのが小乗仏教なのだ。

　釈迦は僧侶になろうとする者は最低限守らなければならないことを五つ掲げた。その五つの戒《いまし》めとは、ひとつ、殺生《せっしょう》をしてはならない。人だけでなく生命を持つすべての生き物のいのちを奪ってはならない。ふたつ、盗みをしてはならない。みっつ、男女の性の交わりをしてはならない。結婚をしてはならんということだ。よっつ、嘘をついてはならない。いつつ、酒を飲んではならない。この五つを五戒《ごかい》というのだ。どうだね。これが二千五百年前に釈迦が、僧侶になろうとした者に要求したのだよ。この戒めを破る者を破戒僧と呼んだのだ」

「初めて知りました。お寺の入り口に石柱が立っていて、そこに、酒を持ち込んではならないと書いてあると祖父が教えてくれたことがありました。祖父は、こう書いてあるけど坊さんはこっそり飲んでいると言っていました」

「この五戒を忠実に守っている小乗仏教派は日本の仏教のことを本当の仏教ではないと言うのだ。そんなこと言われても、現在日本に十万もある寺が変わるはずもない。しかし……」

　そこまで言うと老師は黙った。うつむいたまま動かない。手拭いを袂《たもと》から出して顔を拭った。しばらくして、低い声でゆっくりと話し始めた。

「この寺を預かって数年後、拙僧は結婚した。それだけでも破戒僧だな。それだけではない、その妻は十年前に死んだ。儂が殺したも同然なのだ。殺生をしてはならないという戒めも破ったのだ」

老師の絞り出す声で部屋の空気が重くなった。私は息が詰まりそうになった。急いで手を組んで臍下に置き、鼻から空気をゆっくり吸い込み、口からさらにゆっくり吐き出した。それでも心臓の鼓動は高鳴るばかりであった。目の前の老師が殺生戒を破った、妻を殺した？　うなだれている私に、老師はまるで諭《さと》すかのように話を続けた。

「妻が死ぬ三年前に儂は、治安維持法で逮捕された。昭和十三年のことだ。その前の年に支那事変が勃発した。事変というからには現地での敵味方の小競《ぜ》り合いであって、国同士が宣戦布告した戦争ではないのに、この村からも若者が何人も出征していった。おかしな話じゃないか。戦争してもいないのに。しかも出征兵士は毎年驚くほど増えていった。儂は、これは事変にとどまらず必ずアジアを含む世界の全面戦争に発展すると読んだ。そうなれば敵味方なく多くの若者が死ぬ。戦争は悪だ、正義の戦争などと言うが、お互いに自分の方が正義だと主張するのだ。

儂は寺で法話をしたあと信徒たちに草木国土悉皆成仏《そうもくこくどしっかいじょうぶつ》の言葉を示した。この世にあるものすべてに仏性《ぶっしょう》が宿っているという意味だ。我々人類は皆ほとけなのだ。日本人も外国人もない、肌の白い黒いもない。どうしてお互いに殺し合うことが許されるのか。

そのような話をした数日後に儂は治安維持法違反のかどで特高に逮捕されてしまった。特別高等警察は社会主義者や戦争反対を主張する者を取り調べ、逮捕する特別な警察組織のことだ。

儂は警察で反省文や謝罪文を書くように迫られたが、悪いことは何ひとつしていない、仏教徒としてまた僧侶として信念を述べただけだと言い張ったので半年も留置所に入れられてしまった。

儂の法話を聴いた者が警察に密告したので儂は捕まったのだが、檀家にも気骨のある者はいて留置所に面会に来てくれた。そして寺はひどいことになっていると言うのだ。非国民と言いながら寺に石を投げ込む者もいて、寺の窓ガラスはあらかた割られ、障子も襖《ふすま》も畳もぼろぼろであばら家になってしもうたとな。

儂の妻は名はヨシというのだが、初めは儂が警察のお世話になったことで世間に申し訳ない、檀家に申し訳ないと頭を下げっぱなしで畏まっていたようなのだが、儂が警察で信念を曲げずに頑張っている様子を知って、それなら私も留守宅を守りますと、あばら家同然になってしまった寺に踏みとどまっていたようだ。

しかし、数日後に檀家が寺に行ってみると妻の様子がおかしかった。ほとんど飲まず食わずだったらしく、やせ細り虚空《こくう》を摑んでうわごとを言うのみだったので、仲間を呼んでリヤカーで近くの医者さんに連れていってくれた。その先生は、うちでは扱えんと精神病院を紹介した。もともと神経の細やかな優しい妻であったから急に降って湧いたような事件に耐えられなかったのだろうな。

儂は強情《ごうじょう》で反省の色が全くないと検事に責められ、禁固二年の実刑判決を受けて獄《ごく》に入った。

弁護人が言うには、『通常あの程度なら執行猶予がつくのやが、よほどあんたが信念を曲げずに強情を張ったので判事の気分を害したのか、そもそもその判事がおかしかったのかどちらかやろう』とのことだった。

刑期を終えた私は精神病院に直行したが、妻は私の顔を見ても眉ひとつ動かさなかった。感情を失った人形のようになっていたのだ。こんなにしてしまったのは儂だ、この償いをせんといかん。そう思って儂は妻の面倒をすべて自分が負うことにして寺に連れ帰った。

妻の妹が手伝うと言ったが断った。食事の世話から下《しも》の始末まですべて儂がやった。これも修行だし、荒れてしまった寺を復興させるのも修行、すべてが修行であった。

儂は畜生どころか餓鬼《がき》だ、地獄に堕《お》ちてもいい。だが文字通り畜生のようになってしまった妻を何とか人間界に戻してやりたい。それが儂の責任なのだ。縁あって儂の妻になったヨシには何の責任もない。ヨシと一緒になった儂は戒めを破ったから地獄に堕ちるべき者だが、だからといってその妻になった女が共に堕ちてていいはずはないのだ。

初め儂の顔を見ても怯《おび》えていた妻はやがて儂に手を伸ばして髭面《ひげづら》をさするようになった。嬉しかったな、心が通い始めたと思った。食事を食べさせるとありがとうと小さな声で言うようになった。下の始末をしてやる時は、言葉は発しないが恥じらうのか身を捩《よじ》るようになった。この感情は人間の感情だ、ヨシは畜生から人間に戻ったのだ。

だがその年の冬、日本中にひどい風邪が流行った。その頃ヨシも風邪をひいた。いつもの鼻風邪とは違う風邪だ。身体が痛むのかどこを触っても呻き声を上げた。食事も受け付けなくなった。それで病院に連れていった。先生は、今日本で流行っている風邪は二十年も前に流行ったスペイン風邪と同じだが、あんたの奥さんもそれに罹《かか》ったのだろうと言ったのだ。普通の風邪なら人にうつることもない。放っておいても勝手に治るし、滋養のあるものを食わせればもっと早く治る。スペイン風邪はばい菌の種類が違うようで、今のところ治療法はない。自分で食べられなければ衰弱死する。始末に負えないのは傍にいる者にうつすので病院には入院できないのだと言われた。ヨシはそれに罹ったのだ。匙《さじ》で少しずつ食べさせたがその量たるや知れたものだ。飯はなんとか食うことはできるようになったが、まだ体力は十分ではない。それで一気に全身状態が悪くなった。

ヨシをこんなにしてしまったのは儂のせいだという思いがあるから、病院の端の方でもいい、それが無理なら炭小屋でもいい、入院させてほしいと先生に必死に頼んだ。だが、和尚さん、忠臣蔵の吉良上野介《きらこうずけのすけ》ではあるまいし炭小屋ってわけにはいきませんよ、と笑われてしまった。

しかし気の毒に思ったのか往診はしようと約束してくれた。それは嬉しかったが、一日一回の往診でブドウ糖やリンゲルを注射してもらっても焼け石に水であった。

ヨシは一週間で冥途《めいど》に旅立ってしまったのだ。

儂はヨシを二回殺した。最初は儂が警察に捕まったあと、耐え難いほどの苦しみから精神病にしてしまったこと、二回目は精神病院から退院したが、スペイン風邪にやられ衰弱してしまった妻を助けられなかったことだ。それなのにヨシは儂に恨みがましいことはただのひとことも吐かなかった。思えばヨシが病気になって死ぬまでのわずか二年間が、二人の一番濃密な時間ではなかったろうか。儂は破戒僧であり地獄に堕ちる身だが、ヨシが人間界から極楽浄土に行ってくれたことは嬉しい。そう思ったら儂はヨシがいなくなったことを悲しんでいられない。餓鬼のような儂ではあるが、捨て身になってこの寺を再興してやろうと思ったのだ。

そうこうするうち、儂の信念をよしとする檀家が少しずつ増えてきて破れ寺を手弁当で直してくれるようになった。その頃、檀家総代が総本山に行って最下位の僧階に落とされていた儂の僧位を元に戻すように掛け合ってくれていた。儂にとってはそれはどうでもいいことだが、少なくとも儂をこの寺の住職として皆が認めてくれたことをヨシが一番喜んでくれていると思うのだ。

　昭和十六年の明治節に総本山から元の僧階に戻すとの復権の通知が来た。檀家は喜んで寺はすこぶる元気になった。儂はすこし突っ張りすぎて自分の思想を主張しすぎていたように思う。だから特高の餌食になったのだろう。そこで戦略を変えることにした。

　お釈迦さんを正面に出そう。そこで法話は専《もっぱ》ら釈迦牟尼仏の説いた戒律《かいりつ》をやさしく信徒に説くことにしたのだ。お釈迦さんが申しておるのだ、文句あるかというわけだ。当たり前のことだが、日本中のどの宗派の寺も釈迦の説く戒律を否定することはできない。そこで不殺生戒《ふせっしょうかい》を法話の終わりに必ず述べることにした。いかなる生き物も殺してはならないという戒めだ。特高も今度は何も手出しはできなくなった。それは痛快なのだが、儂の復権の通知が総本山から来た翌月に日本は真珠湾攻撃を開始し、米国との戦争に突入していった。そして儂の願いも空しく敵味方に分かれた多くの若者が戦場で殺し合うことになってしまった。そして予想通り、日本は負けた。完膚《かんぷ》なきまで叩き潰されてな。

　そして、昨日の晩、山門を閉じようとしたら木津さん、お主がそこにおられた。よれよれの軍服に背嚢。それを見た時、いのち長らえてようここに辿り着かれたなと嬉しくなった。これもご縁であろうな」

　老師はここまでを、時に涙を流し、それを拭おうともせず、淡々と話した。私はただただ頭《こうべ》を垂れて聞くだけであった。

「はて、何の質問であったかな」

「いえ、よくわかりました。ありがとうございました」

「うん。儂に妻がいるかどうかということであったかな。公案はこれでよろしいかな」

そう言って老師は、ははははと大きな声で笑った。

「さてもうお発ちになられるのか。お名残《なごり》惜しいが、道中ご無事でな」

＊

大津からは北に向かった。高島町である。京都一商で学んでいた時も、大阪で働いていた時も大津を経て高島町に帰ったからこの道は懐かしく、迷うこともなかった。

日が暮れるのを待ってわが家の戸をそっと開けた。

「只今帰りました」

敬礼をして中に入った。

「林太郎か、林太郎やね。ようお帰り」

奥からはだしのまま土間に飛び下りた母が私にしがみついた。

「よくもまあ無事に帰ってくれて。まあお前こんなに痩せてしもうて。苦労したんやろう。ほんまにお前には悪いことしてしもうて。堪忍してや、私らが悪いのや、苦労させてしもうて」

しばらく私の胸で泣いたあと、母は流しに行き桶を持って戻った。私の足を包むようにして洗ってくれた。あの志摩まりさんと同じ温もりがあった。

「何も母さんが謝らんかて。母さんが戦争始めたわけやないのに」

「そやけどなあ。林太郎君はだいじょうぶやと町長さんが言うてくれたさかい。役場で軍隊との連絡をする大事な役目やからと滋賀県に町長さんが頼んでくれはったのにこんなことになってしもうて」

軍の組織はそんなに甘いものではないことは下っ端の私でもわかっていた。消耗品としての兵隊が足りなくなれば、どんなことをしてもそれを補充しなければならないから制度を曲げてでも頭数を揃えようとするのだ。軍との連絡掛より兵隊の方がまだ利用価値が高いから私に赤紙を送り付けただけのことなのだ。

「父さんは今日も町役場に行かはった。公報は来とらんか見てくるって。ひょっとしたらあんたの」

と言って母は言いよどんだ。戦死公報のことだったのだ。

「向かいの芳坊はとっくに帰ってきとるのにお前だけ遅いさかい、父さん気にしとったんよ」

「玉音放送は僕も三重航空隊で聞いたけど、僕の直属上司の小隊長がまだ日本は負けとらん言うて十九日まで飛行訓練させられとったんや。それで帰るの遅れてしもうて」

私は塹壕掘りと藁人形突きばかりさせられていたとはどうしても言えなかった。言えば自分が惨めになるし、母も悲しむと思ったからである。

「そないなことあるかね。負けとらんと勝手に決め付けるなんて」

「敗戦した軍隊は統制が取れなくなったんやろう、母さん。千切れたトカゲの尻尾《しっぽ》みたいにくるくる回っとるだけや。兵は、ただ命令に従うしかなかったんや」

ほどなく父が帰ってきた。

「おー、林太郎、お帰り。よく無事で帰ってきてくれた。ほかの若い衆は帰ってきたのに、お前が遅いもんやからひょっとしたら、と思うてな。心配しとったんや。疲れただろう。今日は食事を済ませたら休むがいい。話はあとでゆっくり聞かせてもらうから」

私は背嚢から米袋を取り出した。

「これが十九日間軍務についた支給品です。父さん母さんに食べてもらおうと思って命懸けで持ってきたのです。納めてください」

私は正座してこう述べた。糧秣倉庫から盗んできたとは言えなかった。両親の前に袋を差し出しながら私は不覚の涙を落とした。

この四升ばかりの米はいったい何だったのか。これを差し出すことのできる私は孝行息子なのか。私に代わって顔面を吹き飛ばされ、無慙にも殺された吉田は小箱の中の一片の紙切れになって親の前に自らを差し出したのだ。

父は押し戴くように両手で米袋を受け取り、

「ありがたく頂戴する」

と、すべての感情を押し殺してそれだけを言い、頭を下げた。大粒の涙が頬を伝わって畳に落ちた。

「こない重たい米を持たなんだらもっと楽に早く帰れたのに、何としても私らに食べさせたいとお前は思ったんやね。ほんにお前は孝行息子や。無事に帰ってくれただけでも親孝行やのに」

母は泣きながらそう言って私に手を合わせた。

父は仏壇に米袋を供え線香を焚いたあと、しばらく念仏を唱えていた。

四章　亡き戦友《とも》に誓う

町役場への復職は叶わなかった。私を何かと庇護《ひご》してくれた町長は引退しており、あとを引き継いだ町長が町の国民学校の代用教員の職を提案してきた。本来教員資格は師範学校卒業生に与えられるのであるが、特に戦争末期には全国的に教員不足に陥っていた。軍隊に取られ戦地で散った者、運よく復員できたが心身ともに病み教壇に立つことができなくなった者が多数いたからである。

そもそも師範学校の卒業生が少なかったため、政府は旧制中学卒業生には教員資格がなくても教職に就くことを認めていたのだ。

せっかく町長が勧めてくれたのだからどうだ、と言う父親に背中を押されて、私は二学期の半ばから町立国民学校代用教員として勤めることにした。十数年前には村立尋常小学校と呼ばれていた私の母校である。

校長は四十代後半であろうか。いかにも師範学校出の正統派といった背広姿も凛々しい紳士が私を迎えた。彼は初対面の私に五年生の副担任になることを要請した。代用教員でありながら授業のみならず生徒の生活指導を任せられたのである。現在教諭の数が極端に減っている状況なので、大変だろうが頑張ってほしい。わからないところはこれから紹介する教諭たちが指導してくれるから心配ないと校長は言った。

私は五年三組のクラスを担当することになった。

だが与えられた教科書を開いてみて驚いた。ところどころが墨で塗られており読めなくなっていた。ページの半分が真っ黒になっていて何が書いてあるのかわからない教科書もあった。戦後わが国に進駐してきた連合国軍総司令部は教科書の根本的な改訂を指示した。神道を讃える内容、天皇を神格化する内容、日本の軍人を礼賛《らいさん》する箇所を削除せよというのである。だが改訂教科書を発行しようにも、全国的に紙も印刷機も、それどころか印刷工が不足している現状ではそれは不可能であった。

だいいち、何十年と国家主義思想のもとで編纂《へんさん》されてきた内容を改めるには時間が必要であった。そのことに苛立《いらだ》った連合国軍総司令部は既存の教科書に書かれている不適切な箇所を墨で塗り潰せと命じたのだ。

学童たちは皆貧しく、ノートも満足に持っていなかったから、私はガリ版刷の教材を作って学童に渡すことにした。専用の油紙原稿用紙に鉄筆で文字を書き謄写器で一枚ずつ印刷するのである。時には夜中までかかることがあったが楽しかった。これからの新しい日本を創るための教育をしているのだとの自負の念がふつふつと湧いてきた。

特に私は社会科授業に力を注いだ。私はガリ版に「戦争のない平和な日本《にっぽん》」と大きく書き出し、それを学童に熱っぽく語った。そしてそれを君たちのお父さん、お母さんにわかりやすく話してあげるのだよ、と付け加えた。

私の授業で五年三組が変わり始めた。子どもの目がいきいきしてきたのである。私の話をしっかりと聞く子、質問する子の数も増えてきた。

しかし、熱心に授業をすればするほど私が教員の間で浮き上がっているのに気付いた。国民の多くは敗戦でこれまでの価値観が百八十度ひっくり返ってしまったのだが、教員とて同じであった。それでも彼らは懸命に新しい教育システムを教育の現場に取り入れようと努力し始めた。一方では、まだ旧態依然とした教員もいた。幹部教員の中には彼らと学童との間には画然とした壁があることを当然とし、共に考え学ぶという意識改革はできないのである。当然、私とベテラン教員の間に溝が生じ始めた。

学童の親たちも反応し始めた。自分で教材を作ってまで生徒に教えようとする私の熱意に動かされて、子どもが自分から進んで勉強するようになったと言う肯定派がいる一方、学校が決めた教科書を忠実に教えればいいのであってあの熱の入れ方は異常である、飛行兵として出撃したが墜落し頭を打っておかしくなったのではないかと言う者まで出始めた。

これに追い打ちをかけたのは、木津先生はアカではないかという噂であった。アカすなわち共産党員である。戦争中、治安維持法違反で刑務所に収監されていた日本共産党の幹部は戦後に釈放され活動を再開していた。国政選挙、地方選挙を問わず選挙のたびに共産党は躍進した。

私がその共産党員だというのである。あんなに熱心に子どもたちを教えるのには何か下心があるに違いないと父兄の一部が騒ぎ始めた。そのような動きに同調する教員が現れた。私には教員室が居心地の悪い場所になってきた。何のことはない、これじゃ夏目漱石の〝坊ちゃん〟と同じではないかと私は思った。一生懸命生徒に関わっているのに足元を掬おうとする輩《やから》にはとてもついていてはいけない。

悩んだ末に代用教員を辞めることにした。こんなことにエネルギーを費やすのは青春の無駄使いではないか。確かに私になついてくれる学童はいるが、しょせん代用教員は臨時雇いであって、師範学校出の正式な教師が補充されれば解雇される身分である。違う道を探さなければならないと思った。

そして、突然とんでもないことを思いついた。

「医者になろう。もう戦争はまっぴらだ。このあいだ公布された新憲法でも言っているではないか。日本は平和の道を歩むと誓ったではないか。私は人を助ける仕事に就こう。それには医者になるしかない。人を殺すのではなく人を救うのだ」

そう決心した時、私の目の前に吉田の姿が浮かび上がった。はにかんだような穏やかな顔であった。片目が飛び出した血だらけの顔ではなかった。その吉田に私は言った。

「おい吉田、お前は俺の身代わりになって大けがをした。それなのに俺はお前を助けることはできなかった。お前の死を俺は無駄にはしない。俺は医者になってけが人を治す。それがお前の供養になると思うからだ」

全国各地にある医科大学や大学医学部はそれぞれ歴史があり、入学試験は難しく最難関の学部であった。特に私のように学校を卒業してから数年間もの空白期間を作ってしまった者には難しすぎた。それに対して医学専門学校はまだ望みがあった。それらの多くは、戦時に不足する軍医を養成する目的で設立されたのである。幾つかは終戦とともに廃校となったが、戦後のベビーブームを見越してそのまま存続したものもあった。

すぐに思いついたのは三重海軍航空隊の近くにあった三重県立医学専門学校であった。この医学専門学校は三重海軍航空隊とほぼ同じ時期に設立されたことは航空隊の誰もが知っていた。米軍がその附属病院を爆撃し、医師、医学生、病院事務員など多数の死者が出たのは天皇の玉音放送が発せられるわずか三週間ほど前のことであった。

このニュースを聞いた航空隊の兵のひとりは、

「何てことしやがる。病院をやるなんて」

と怒りの声を上げたが、もうすこし知識のある兵は、

「これはジュネーブ協定違反です」

とやや興奮気味で解説をしてくれた。だが本当にジュネーブ協定違反なのか私は疑問に思った。病院が攻撃されないためには、上空からも判別できるように赤十字の大きなマークを病院の屋上に描いておくのであるが、医学専門学校にはそんな余裕はなかっただろう。何しろ不足している軍医を補うための急拵《ごしら》えの施設なのだ。米軍にしてみれば、軍事施設だと思うのは当然である。二回目の爆撃では附属病院だけでなく隣接する医専校舎も破壊されてしまった。軍医養成は国からの至上命令だったので、これまた急拵えの医専校舎が津市の北の山中に建設されたとのことであった。

三重医専も終戦を機に廃校になったのだろうか。もしそうでなければ三重海軍航空隊と三重医専とは兄弟のようなものだ。兄弟の誼《よしみ》を通じておかなければならない。そんな気持ちになって私は国民学校から三重県庁に長距離電話をかけた。

三重医専は存在していた。県庁の女性職員はこう答えた。

「二度の空襲で焼け出され医専は仮校舎を転々としてきましたが、このたび文部省から修業年限五年のA級医専としての認可が下りましたので来年の四月から三重県立医学専門学校として

学生募集をすることになりました」

私はこれを天の声として聞いた。「よしそこに行こう。俺を呼んでいるのだ。俺にここに来いと医学校が呼んでいるのだ。旧制中学卒業相当の俺は受験資格がある。自分は卒業時の成績は首席だった。その時の学力があれば医専合格は確実だったはずだ。あと四ヵ月しかないが、死に物狂いで受験勉強をしよう。この機会を逃したらあとはないかもしれない」。そう思うと決心がついた。

私はすぐに校長室に行き、自分の決意を校長に述べ国民学校代用教員を辞任した。

*

昭和二十三年四月、私は三重県立医学専門学校に入学した。前の年に受験したが不合格であった。やはり四ヵ月の受験勉強では医専といえども歯が立たなかった。大学や専門学校受験生のための予備校は戦前から東京や名古屋にあったが、そこに通うだけの費用は全くなかったので私は自宅に籠《こも》って猛勉強をした。その甲斐あって翌年に合格できたのである。二十七歳になっていた。

五年間の課程を終え、卒業試験にも合格し晴れて卒業したのであるが医師免許証は与えられなかった。戦前は医学校を卒業すれば医師免許証が与えられたが、戦後進駐してきたアメリカの指導により、制度が変わったからである。大学附属病院または国立病院や日本赤十字病院などで一年間の実地修練（インターン）を受けたあと、医師国家試験に合格しなければ医師免許証を手にすることができなくなっていた。

私は三重医専附属病院で実地修練を受け、昭和二十九年春、医師国家試験にも合格した。やっと戦友吉田との約束を果たしたのである。

三十三歳で医師になった私は、そのまま三重医専の外科学教室に入局した。

医局で三年間の修業コースも終わろうという時、山脇教授から呼ばれた。

「木津君、君は卒業試験もトップクラスであったし、附属病院でのインターン終了時の評価も良かった。うちの医局でも三年間よう頑張ってくれた。君を指導した講師たちにも聞いてみたが誰もが褒めておったよ。ここらで武者修行に八日市の飯田病院に行ってみてはどうだろう。院長の飯田君は帝大卒で私とは昵懇《じっこん》の仲だから私からも頼んでおく。いずれ教室に戻ってきた時には然るべき君のポストを用意するから」

山脇教授は旧制の京都帝大卒で、若くして三重医専の外科学教室教授に就任していた。外科学教室の主要ポストは京都大卒で占められていたから、仮に私が飯田病院から教室に戻っても、医専卒の私が取り立てられることは絶対になかった。そのうえ、教授の「行ってみないか」は教授の希望ではなく命令であった。

五章　運命の出会い

飯田病院は内科、外科、それに産婦人科の三科から成るこぢんまりした施設である。しかしこの地域で唯一の医療機関であったから住民からは重宝がられていた。ありとあらゆる患者がやってきた。

私は専門の外科患者を診る約束であるが、暇があれば他科の診察にも立ち会わせてもらった。将来役に立つだろうから何でも身に付けてやろうとの思いがあったからである。

勤務して二年目の春、いつとはなしに病院事務員の女性と話をするようになった。彼女は受付や会計事務などいわゆる窓口業務をしていた。だが、一日の仕事が終わったあともうひとつの業務をこなさなければならなかった。それは当直医師の夜食の用意をすることであった。用意といっても調理をするわけではない。医師用の夕食を栄養課から受け取り当直室に運ぶのである。

たまたま私が当直に当たっていた夕方、検食簿と一緒に彼女が食事を当直室に持ってきた。

「あなたは事務の人でしょう。これ栄養課の仕事ではないの」

「はい。そうなんでしょうが、ここでは私たち窓口業務の者が交代ですることになっているのです」

彼女は冷えてしまっている料理や汁物を電熱器で温め、

「お茶は先生がお淹《い》れください。その方がおいしくいただけますから。お湯は魔法瓶《まほうびん》に入っております」

と言い、一礼して去ろうとした。

私はかねてから彼女のことが気になっていた。細面《ほそおもて》で小柄なこの女性は物静かで、それでいていつも微笑《ほほえ》みを浮かべていた。他の若い事務員たちが陽気に笑いながらおしゃべりを楽しんでいる時でもそこから一歩離れていた。何か翳《かげ》がある人だなと思いつつも美しい横顔に惹《ひ》かれるものがあった。

「ありがとう。君は最近ここに勤めたんですね。名前は何とおっしゃるの」

私は食事の前に茶を飲もうと魔法瓶に手を伸ばした。それを遮るように、

「工藤千代と申します」

と言い、時間をかけてすこし温《ぬる》めの甘い煎茶を淹れてくれた。

「そう、工藤さん。昼間の仕事もあなたは黙々と頑張ってやっておられるので私は感心して見

ていたんです。それにこんな余計なことまでしてもらって」

「いえ別に。家に帰ってもこれといった用事があるわけではありませんから」

会話はたったこれだけであった。

＊

しばらくして医局の飲み会があった。親睦を兼ねてふた月に一回くらい開かれている医師の集まりである。私も参加し、久しぶりに飲んだ。元来酒は強くはないのでほとんど飲むことはないのだが、この地酒《じざけ》は口に合った。ほどよく酔い、壁に凭れて皆の話を聞くともなく聞いていた。

「工藤千代。最近来た事務の女の子、あの子なかなかいい子じゃないか。わしは気があるのでちょっかいかけてみたけど、全然なびいて来んのや。あー、どうしたらいいんや」

内科の松田だった。半年前に医専の医局から派遣されてきた独身男性である。

「お前、隅に置けんなあ。おとなしい奴だと思っていたのに。俺もまんざらではないと思っとるんやけど」

ちょうど一年前から勤務している外科の桑田である。彼も医専の外科から派遣された独り者で、私の後輩になるのだが私より先に来ていたことを鼻にかけるところがあった。

会が始まるや否《いな》や、ほとんど食わずに酒ばかり飲んでろれつが回らなくなっていた医局長が、突然大声を発した。

「お前ら、女を見る目にかけてはまだまだヒヨッコだな。あの娘《こ》は出戻りだと聞いとるで。あぶない者には近づかん方がええ」

座敷の壁に凭れて独り酒を飲んでいた私は猪口《ちょこ》を取り落としそうになった。出戻り？　結婚した女？　そんなことはない、あの女性に限って。その一方でこんな声も私の耳元で囁いていた。とりとめもないことを言ってはきゃーきゃー騒いでいる若い娘たちと工藤との差はこういうことなのだ。女の身体に指一本触れたこともないお前に何がわかるのか、という声が。

私は壁にくっつくようにしてちびちび飲んでいたのだが、何故かもっと飲みたくなった。立ち上がったが足元がふらついた。だが騒いでいる医局員の輪の中に入っていった。手にした猪口を放り投げ、湯呑み茶碗に持ち替えた。それを医局長に突き出した。医局長は驚いた顔をしながらも、一升瓶から地酒を注いだ。

いつものような飯田病院千鳥足軍団と化した我々が医師宿舎に帰ってきたのは午前一時頃であった。その軍団の中には、正体を失い抱きかかえられるように連れてこられた私の姿もあった。

どんな噂があるにせよ、私の頭の中に工藤千代が棲み着いてしまった。

何回目かの当直の夜、彼女はいつものように夕食を当直室に運んできた。思い切って私は声をかけた。

「天神街に駕籠善《がごぜん》という料理屋があるのを知っている？　患者が教えてくれたんだ。おいしい料理を出してくれるらしい。一度僕も行ってみたいと思っているんだけど、よかったら君も行きませんか」

「駕籠善さんと言えば何と言っても天婦羅《てんぷら》です。でもお値段高いんですよ、あそこは。私はまだ行ったことありません。お店の前はよく通りますけど」

彼女は弾んだ声で言った。この声の響きで私には駕籠善の天婦羅の味がわかるような気がしてきた。

「よかったら僕が御馳走してあげるよ」

そう言ってから急いで付け足した。

「何しろ君には、こうして余計な仕事までさせて、借りがあると思っているので」

「あの、私ひとりだけですか」

「うん……。患者がしきりにあそこを勧めるんだ。それで一度そこに行きたいと。それにもうすぐボーナスも出るしね。ただひとりで行ってもね、一見《いちげん》さんお断りみたいに玄関で追い払われたら格好悪いし。まあそこまでいかなくても、ひとりでぼそぼそ食べても味気ないでしょう」

　彼女は、お茶を淹れて私の前に置いたあとも、二、三分その場に立ったままだった。前回は直ぐに立ち去ったのに。

「ありがとうございます。私を連れていってください。お料理をいただかせてくださ い」

　そう言うと彼女は私に深々と頭を下げ、小走りで帰っていった。

＊

　当日、私は仕事を早めに済ませ天神街に出掛けた。初夏の風は生暖かく汗ばむほどであったが、私はそれ以上に手のひらがじっとりしているのを感じていた。何を興奮しているのだと自分に聞いてみたが、それほど気分が高揚していたのだ。彼女は時間までに駕籠善に参ります、と数日前に私に伝えていた。さすがに私と一緒に駕籠善の門をくぐるのは憚られたのであろう。

　彼女は六畳和室の部屋に通されていた。私が予約しておいた小部屋である。白地に鮎《あゆ》をあしらった浴衣《ゆかた》姿で白い襟足が眩しかった。いつもの事務服とは違うなまめかしい姿に私は一瞬たじろいだ。彼女は崩していた足を戻し、正座して深々と私に頭を下げた。私たちは黒漆《くろうるし》の卓を挟んで向かい合って座った。私は尋ねた。

「あなたの家からここまでは近いの？」

「ええ歩いて十五分くらいです。ちょうどいい運動になりました。お腹が空いていますのできっとお料理が一層おいしくいただけると思います」

彼女は明るい顔を見せて笑った。病院では決して見せない表情であった。

中居が入ってきた。菓子と茶を卓の上に置いて、

「お食事は何時に召し上がりますか。その時間に合わせて天婦羅を揚げますので」

と言った。

「三十分後に」

と私は言った。

「まずお酒を持ってきて。紅梅《こうばい》というのがある？　このあいだ初めて飲んだが、うまかった」

「はい、ございます。この地《じ》のお酒です。津の酒です。お客様、舌が肥えていらっしゃいますね。このあたりでは一番の銘酒で、甘すぎず、辛すぎず、冷《ひや》でも燗《かん》でもいけます。今日は暑うございますから冷ではいかがでしょうか」

そう言いながら中居は出ていった。

いつもと違った姿を見せて卓の向こう側に座っている、まるで初対面の女性を前にして、酒が飲みたくなったなどと言うお前はいったい何者なのか、そんな声が私の耳に響いた。一方

で、お前は固すぎる、もっと自分に正直になれ、との声も聞こえた。

中居が酒を持ってきた。ガラスのデカンターに二合ほどの酒が入っていた。本来ワインやウイスキーなど西洋酒に用いるデカンターを流用したのか、舶来品好みの客の要求に応えているうちにこの店の定番になったのか。二つ用意された猪口もガラス製であった。

中居は私に猪口を渡してデカンターから酒を注いだ。そして、

「お嬢様、おあとはよろしくお願いしますね」

と言って去っていった。

お嬢様と言われて驚いたようにデカンターに手を伸ばしたのを制して、君も飲みますか、と猪口を差し出したが彼女は頑として受けようとしなかった。私は手酌でゆっくりと飲んだ。あの荒れた医局の飲み会のと同じ酒とは思えなかった。甘いまろやかな液体が胃に滲み込んでいくのがわかる。彼女は黙ったままなので、酔っていく自分だけが変化していくような感覚に襲われた。気まずい雰囲気が漂い始めた。話が始まらないのだ。何故だ？　火照った頭を巡らして気付いた。お互いに呼び合う名前がないのだ。そうだこれを打開しなければ今夜の食事は始まらない。

「さっきからあなたを何と呼んでいいのか、実は困っていたんです。君やあなたでは話はできないし、そうかといって工藤君では病院の延長みたいでこうしてゆっくり食事をする雰囲気で

はないし」

「もし先生さえよろしければ千代と呼んでください。でも私は先生を木津さんとか林太郎さんとは言えません。木津先生とお呼びするしかできません。このような席でも、先生と言わせていただいた方が自然のように私は思います」

「そうだね。では私はこれからは君を千代さんと呼ばせてもらいましょうか」

やがて料理が運ばれてきた。筍《たけのこ》の吸い物も薄味でおいしかったが、この店の看板だけあって天婦羅は絶品であった。

私は手酌で飲んだ。デカンター一本で顔が火照ってきた。向かいに座っている千代は黙ったまま、手元の皿をじっと見ている。その時、一匹の蠅《はえ》が飛んできて、その皿の端に止まった。千代は驚いたように、箸でその蠅を追い払おうとした。しかし手の動きを見ていると蠅を摘《つ》まもうとしているようにも見えた。蠅は動かない。私は小学生の頃に読んだ『宮本武蔵』を思い出した。武蔵は食事中に眼前に飛んできた蠅を一瞬のうちに箸で摘まんだのだ。と、千代はさっと箸を振って蠅を追い払った。そして箸で皿に文字を書き始めた。文字であるのかスケッチなのか判然としなかったが、まるで天婦羅のつゆを墨にでも見立てたように何かを書いていた。私はその手の動きをじっと見ていた。彼女がこんな仕草をするなんて思ってもみなかったからである。うつむいたまま千代はゆっくりと話し始めた。

「先生、私一度結婚しているのです。ですから本当は今夜ここに来てはいけない女なのです。でも先生がせっかくお誘いくださったので、ついそれに甘えてしまって」

私は一ヵ月前の医局の飲み会のことを思い出していた。

「あの娘《こ》な、おとなしそうに見えるやろ。何や出戻りだって話だぜ」

そうだったのか。彼らの言うことは本当だったのか。私は目の前で消え入りそうにうなだれている娘《むすめ》を見やりながら、別の世界に帰っていくかぐや姫を思った。俺の世界の人ではないな、この一夜の料理をかぐや姫との送別会にしよう。私はデカンターに残っていた最後の酒を飲み干した。

「私、馬鹿だったんです。女学校を出て家で花嫁修業をしていました。その時、親戚の方が縁談を持ってきたのです。相手というのは呉服商を手広くやっている三代目の人でした。型通りのお見合いをしましたが、話は親同士で進んでしまい、半年後に式を挙げることになったのです。

でも、行ってみたら地獄でした。性格が、性格が何というのでしょう、性格破綻者《はたんしゃ》でした。そのうえ、お酒が入ると性格ががらっと変わるのです。夜遅くに酔って帰ってきて、酒を出せと怒鳴り散らすのです。仕方なしに少し持っていくと、さらに荒れるのです。それが妻のすることか、夫が飲みたいと言っているのにそんなけち臭いことをするのか、と私の髪の毛を摑んで引き倒すのです」

そこまで言うと、彼女は箸を置き、組んだ手をテーブルの端に揃えて頭を垂れた。見ると目を閉じたままであった。私は何を話したらいいのかわからずにいた。その沈黙を千代が破った。

「私の、私の身体を求めたのは結婚当初の二、三回だけです。あとは閨《ねや》に入っても酔っているのでそのまま寝てしまうのです。私は実家に逃げ帰ろうとしましたが、それすら許されませんでした。女中たちが見張っているのです。そんなことをされては世間体《せけんてい》が悪いと思ったのでしょう、舅《しゅうと》と姑《しゅうとめ》が女中に命じて、四六時中私たち夫婦を見張らせたのです。ですから私たちの一部始終を女中たちは知っているのです」

そこまで言って千代は両手で顔を覆ったまま肩を震わせた。すすり泣いているのか、白糸のようなか細い透明な声が指の間から漏れてきた。

その時、失礼しますという声と同時に中居が障子を開けたが、瞬時にして状況を知り、また後ほどと言い残して去った。

私には想像したこともない世界であった。この年になるまで見たことも聞いたこともない映画を無理矢理見せられたようでうろたえた。彼女に何と声かけをしてよいのかが思いつかない。

「冬の夜、遅くなって夫が酔っ払って帰ってきました」

そして彼女は再び沈黙した。しばらくうつむいたままでいたが、さらに小さな声で言った。

「帰ってきて閨で寝ていた私の上にのしかかるなり、お前裸になれ、全部脱いでおれに見せろ、おれはお前の夫だ、おれが囲っている女とお前のどっちが上等か品定《しなさだ》めすると言って、私の寝間着を剝がしにかかったのです。私は抵抗しました。顔を叩かれました。もうこれ以上は耐えられないと思いました」

そこまで一気に言うと、彼女は声を上げて泣き出した。

「わかった、千代さん。もういいよ、それ以上は言わなくても」

「いいえ。最後まで言わせてください。そうじゃないと私は先生にずっと嘘をつき通してしまうことになるのです。今夜が初めで、そして終わりだと思いますから」

袂からハンカチを取り出して涙を拭った千代は時にはうつむき、時には私の顔をじっと見ながらゆっくりと話を続けた。凜とした美しさが漂った。

「さんざん叩かれ、裸にされた私は何とか夫を振り払い、散らばっている寝間着を身体に巻き付けて部屋から廊下に飛び出しました。廊下で私たちを窺《うかが》っていたのでしょう、女中がさっと走り去るのが見えました。私は雨戸を蹴破るようにして庭に飛び降りました。庭の隅に井戸があるのです。もう使われなくなった古い井戸です。そこに飛び込もうと思ったのです。ああこれで終わると思ったのです。あたりは真っ暗でしたが、わずかに月明かりが庭の隅を照らしていました。私はそこを目がけて走りましたが、何か大きなものにぶつかりました。何かに掴まれた感じがしました。驚いて振り払おうとする私の耳元に『済まない。あんたにこんな辛い思いをさせて。何とか堪《こら》えてくれや。あれの女のことはわしがなんとかするさかい』と囁く声がしました。舅の鈍い低い声でした。私は舅に抱きかかえられて部屋に連れ戻されました。夫は大いびきをかいて寝ていました」

「辛い経験をしたんだね」

私は冬の深夜に彼女が裸身で身を躍らせた光景を思い浮かべた。そしてこんな陳腐《ちんぷ》なことしか言えない自分が情けないと思う一方、これは同情であって共感ではないと自分に言い聞かせた。

「私は何とかあの家を逃げ出そうとあれこれ考えました。舅は、夫が囲っている女性のことを何とかするとは言いましたが、それは世間体を考えてのことで、私のことを思ってのことではありません。舅も姑も家が大事なのです。伊藤という家名に傷がつくことを恐れたのです。井戸にでも飛び込まれたらそれこそ世間が何を言うかわかりませんし、ご先祖様に申し開きができませんから。でも助け舟はありました。何人もいる女中さんの中で私のことを可哀想《かわいそう》だと思った人がいたのです。その人が私にいくばくかのお金を紙に包んで渡してくれたのです。これで実家に戻りなさいとのことなのでしょう。そして数日後、まだ皆が寝静まっている明け方、その女中さんの手引きで裏の木戸から私は逃げることができたのです」

彼女はこれまで胸に詰まっていた硬いものを皆吐き出してしまったかのように、さばさばした表情に変わっていた。

「私は着の身着のまま、小さな風呂敷包みひとつを持って近くのバス停まで走りました。初発のバスが来ましたので、それに飛び乗って津駅まで行きました。そこで客待ちをしていたタクシーを拾って実家に帰ったのです」

「痩せ衰えた私を見て母はただ私を抱きしめるだけでした。父はいったい何があったのだと仲人《なこうど》を介して嫁ぎ先に説明を求めました。でも返事はありませんでした。私は家に戻って初めてここがまともな人が住んでいる当たり前の家庭なのだと気付いたのです。結婚するまではその有難みに気付かなかったのです。私は数日間家で寝ていました。そしてやっと、嫁ぎ先の阿修羅のような生活を話し始めることができたのです。母は私の肩をさすりながら、ただただ泣くばかりでした。普段は温厚な父でしたが、仲人礼欲しさにいい加減な話を持ち込んだ仲人にも責任があると、その家に怒鳴り込みに行ったそうです」

「結局は離婚できたの？」

私はいささか間の抜けた質問をした。

「はい。叔父が、父の弟ですが、父の代理で直接向こうに出向いて、離婚させたいと申し入れをしてくれました。でもなかなか応じてもらえませんでした。結局、嫁は精神病であることがわかったので実家に帰したということにして離婚に応じてくれたのです」

「そんな怪《け》しからん奴らが罰せられないなんて、神も仏もありませんね。でも千代さんはよく耐えましたね」

「いいえ。何度ももうだめだと思いました。それで、井戸に飛び込めばすべてが終わると……。でもお舅に、『堪忍してくれ』と大きな胸で押し戻され、もう一度生きようとふっと気付いたのです」

「そうして今のあなたがここにいるわけなんだね。初対面と言ってもいい私にそんな辛い話をしてくれてありがとう」

「私はこんな辛い嫌なことを今まで誰にも話したことはありません。本当は先生にだけは絶対にお話ししたくなかったのです」

そう言って彼女はうつむいた。涙が頬を伝わって落ちた。しばらくして顔を上げ、再び話し始めた。涙を拭おうともせず、私にではなく、自分自身に話しかけるように小さな声で。

「先生だからお話ししたのです。黙っていることが辛かったのです。そうでないと先生を裏切ることになりますから……。こんな嫌な話をお聞きいただいて、私は心の靄が薄くなりました。お料理はおいしかったです。でも台無しにしてしまったようで申し訳ありません」

私は障子を開けて、手を叩いた。「はーい、只今」という声がして、中居が食後のデザートを持ってきた。イチゴとメロンをあしらったさっぱりした味であり、それにコーヒーが添えてあった。

駕籠善を出ると、丸い月が夜道を照らしていた。しばらく一緒に歩いていたが、千代は私の下宿はこの近くですからと言い、路地に足を進めた。私はあえて下宿まで送ることはしなかった。

医師宿舎まではかなりの距離があったが、今夜はただひとりで歩きたかった。満月だった。私が歩けば倍の長さの影ができた。その月影を友として一時間ほどで宿舎に着いた。道すがら考えていたのは千代のことだった。

彼女の箸の動きと蠅の動きの光景が鮮やかに脳裏に蘇《よみがえ》った。重荷を背負わされてこれからも歩き続けるしかない千代のことを思うと、同情の重みも増した。しかし同情は同情、そこから一歩もはみ出てはならないと自分に言い聞かせた。彼女は彼岸の人、私は此岸《しがん》の人間なのだ。二人の間には越そうにも越せない深い溝があるのだ。

私がまだ子どもの頃、送り火は家で焚いていた。

「お祖父ちゃん、なんでお外で火を燃やすの」

と私は尋ねた。

「お彼岸にはな。こうしてお家の前の道で火を燃やして、お祖父ちゃんのお父さんやお母さん、そのまたお父さんやお母さんに『うちはここやで』って知らせるのや。死んでしまった人たちは空のずっと遠くに行ってはるやろ。それで家がどこだかわからんのや。それで火を焚いて知らせるのや」

＊

病院の仕事はいつもと変わらなかった。急患が来てバタバタする日もあれば、暇な日もあった。私にとって彼岸の人となった工藤千代もいつもと変わらなかった。誰にでも親切で優しかった。

自分でも何故かわからないのだが、次第に私の心の中に彼女の存在が大きく膨らんできた。それなのに二人の間の溝はだんだん広がっていく。取り返しのつかない距離にまで広がっていくことに焦りにも似た感情が湧き上がってきた。

今日は早朝からバタバタしていた。農機具に足を巻き込まれて大けがをした男が救急室に運び込まれたからである。膝から下の皮膚が大きく抉られている。呼び出された私はデブリードマンを施し、破傷風の血清注射を打ち入院させた。それが済み、通常の外来診察に移ったのだが、予定していた午前の外来が終わったのは午後二時近かった。職員食堂に行き、かき込むように昼飯を食べ、直ぐに病棟に上がり回診を済ませた。すっかり疲れてしまったが今の私にはこの方が心地よかった。千代のことを考えないで済むからである。

夜遅くに宿舎に戻った。私は紅梅を冷で一杯飲んだ。あの時以来病みつきになっていた。紅梅は心地よい眠りに誘ってくれる最良の睡眠薬になっていた。

「ごめんください」

外で女性の声がした。宿舎に夜間の女性訪問はご法度《はっと》だ。誰のところに来たのだろう。すっとドアが開いた。ひんやりとした風が部屋に入ってきた。ベッドから身を起こすと、薄暗い入り口の灯りの下に浴衣姿の千代が見えた。あの時と同じ浴衣を着て立っていた。

「どうしたの、今頃。何かあったの？」

驚いて話しかける私の声を覆い隠すように千代は一回り大きな身体に変容して私を押し倒し、のしかかってきた。顔と顔が重なり私は息ができなくなった。

「私を抱いてください」

そう囁いた千代は両の腕を私の背中に回して力を込めた。浴衣を介して胸と胸が重なった。激しい鼓動は千代のものか、あるいは二人のものなのか判然としなかった。

どのくらいの時間が経ったのだろうか。

やがて千代は立ち上がり、身繕《みづくろ》いをすると、ドアを開けて帰っていった。

＊

夢であった。私は夢を見たのだ。まだ鼓動は高鳴っていた。いったい何故こんな夢を見たのだろう。彼岸と此岸どころではない。両者を隔てる大河が消えてしまったような夢ではないか。ふと手をやると、下半身が濡れているのに気付いた。粘った液体が下着を濡らしていた。千代に抱きしめられて胸の鼓動を聞いている時、一瞬身体を突き抜ける陶酔感に襲われたがこのことだったのか。起き上がって下着を替えたあと、しばらく千代の余韻を思い起こしているうち私は眠りに落ちていった。

何であんな夢を見たのであろう。しばらくのあいだ、病院でも私は千代を避けるようにした。何で清楚そのものの千代があんな姿で私の前に現れたのであろう。まさか千代が陰陽師《おんみょうじ》に頼んで自分が林太郎のもとに行き、あのような振舞いをするようにと仕向けたのではあるまいかなどと変な妄想を抱きもした。あるいは千代が無意識に私との接触を求めたのであろうか。待てよ、ひょっとしたら私が無意識に千代との接触を望んでいたのではないか。自分が千代に対して抱いている思いが夢という形で表れてきたのではないのか。私が千代を受け入れているいることをほかならない私自身に知らせようとしているのだ。私は沈黙を守っているのが苦しくなってきた。

翌日、私は昼休みに病院の向かいにある「喫茶ドリーム」に千代を誘った。ドリームは病院のスタッフもよく行くところである。隅の席に座っていると千代が入ってきた。私はあえて大きな声でここが空いているよ、と手を挙げて千代に合図を送った。周りの席にいるスタッフには空席を探している千代に気付いた私が親切心から声をかけたように思わせたかったからである。千代はオレンジジュースを注文した。店員は空になった私のコーヒーカップにコーヒーを注いだ。コーヒーと紅茶は希望すれば何杯でもお代わりができるのがこの店の売りであり、それが評判でここを訪れる客も多かった。

千代は駕籠善の礼を小声で述べた。

「実は三日前に僕は夢を見たんだ。毎日仕事で疲れているから床に就くと直ぐ寝てしまって、めったに夢なんか見ないいんだけれど」

と私は彼女の目を見ながら言った。

「その夢の中に千代さん、あなたが出てきて。しかもあの時と同じ浴衣姿で」

さすがにその先のことまでは話すことができなかった。彼女は驚いた顔をして小さな声でこう言った。

「本当ですか。不思議ですね。実は私もその頃に夢を見たんです。先生とピクニックに行く夢です。どこかわからないんですが公園だと思います。公園の木陰で私が作ったお弁当を食べました。先生は、『これは家庭の味だなあ。いいなー』なんておっしゃって上機嫌でした。私も嬉しくなりました。子どもの頃のおままごとをしているような気分でした。先生は茣蓙《ござ》の上に寝そべっていましたがそのまま寝てしまわれました。当直明けで来られたので、きっとお疲れになったのだろうと思いました。まるで蛙《かえる》が仰向けにひっくり返り白いお腹を見せ、両手をぴょんと広げているようなこっけいな姿勢でした。三十分ほどして目を覚ました先生はあたりをキョロキョロされました。一瞬、自分が何故ここにいるのかおわかりにならなかったのでしょう。そろそろ帰ろうということで、後片付けをして立ち上がった時、先生が急に私を抱き上げたのです。まるで赤ちゃんを抱いて高い高いをするかのように頭の高さまで上げたのです。私はわーっと大声を上げ先生の首にしがみつきました。そして目が覚めたのです」

私は喫茶店の端の席で彼女の話を淡々と聞いていた。彼女の顔は輝いていた。

数日後の昼休み、私は再びドリームに千代を誘った。そして彼女に結婚を申し込んだ。彼女はしばらくうつむいたままであったが、

「ありがとうございます。私のような者を」

と言った。目には涙が光っていた。

＊

私たち二人の結婚式は病院の有志がやってくれた。派手にしないでという私たちの希望を容《い》れて、病院四階の会議室が結婚式場に早変わりした。

「木津林太郎君・工藤千代さんの新生活を祝う会」と書かれた手作りの横断幕が会議室入り口に掲げられた。戦後十数年が経ち、新憲法も国民のあいだに定着しつつあるとはいえ、まだ結婚は家と家との密接なつながりで成り立っており、式場にも「佐藤家　鈴木家結婚式」などと書かれるのが通例であったこの時期、「新生活を祝う会」とはかなり革新的な会であることは間違いなかった。

病院長も出席してくれて、この強力なカップルが病院にとって大きな発展につながることは間違いない、と持ち上げてくれた。

千代はどう考えているかわからないが、少なくとも私はこの結婚を機にこの病院を去ろうと密かに考えていた。

私の過去も千代の過去も全く闇の中に封印したままの新生活を始めよう、そのためには見知らぬ土地、新天地で二人の生活を始めようと思ったのである。

六章　山茶花《さざんか》の蕾《つぼみ》

新しい職場は名古屋郊外の町立診療所であった。飯田病院の医局に置いてある地方新聞に「医師急募　職種を問わず。愛知県木野町立診療所」の広告があった。職種を問わずとは町もよほど困り果てているのだろう。町立診療所のただひとりの医師が急に辞めてしまったのであろうか。

当時は五年制の医学校を卒業して医師になった者は学校の世話で一般病院などに勤務し、ある程度の診療技術を身に付けてから開業するのが常であった。収入が三倍から五倍ほど違うからである。

木野町に電話をかけて探りを入れたところ診療所担当課長が出て、「今からそちらに伺います」と何ごともゆっくりと構えるのが常である公務員らしからぬ前のめりの返事であった。声からして焦っているのがよくわかった。

「それは困ります。まだ、今勤めている病院には何も言っていませんので」

と私は答えたが、結局私の方から翌週の日曜日に木野町に行き、診療所を検分し諸条件を聞くことになった。

＊

約束の時間に最寄りの駅で下車した。木野町役場の制服を着た男性が改札口に立っていた。差し出された名刺には「愛知県木野町　保健部衛生課長　本田義雄」と書かれていた。

「今お着きになられて直ぐで申し訳ありませんが、診療所のご案内をさせていただきます。そこでいろいろお話した方がわかりやすいでしょうから」

と本田課長は言い、

「歩いてもいける距離ですが、お疲れと思いますので車で参りましょう」

と駅前に停めてあった古ぼけたダットサンを指さした。

なだらかな上り坂をダットサンは喘《あえ》ぎながら走り、五分ほどで丘の上の診療所に着いた。そこからは田や畑が一望のもとに広がっていて、自然豊かな心和む雰囲気が漂っていた。うん、ここで新婚生活を始めるのも悪くないな、と私は思った。二人とも誰からも噂話に晒《さら》されることなく生活ができる。ここなら千代を守ってやれる。ここにしよう。

「しばらく休業にします、の貼紙がありますが、前任者は開業でも？」

と私が尋ねると、

「いえ、実は辞めていただいたのです」

田中課長は口をもぐもぐさせながら言った。

「酒のめっぽうお好きな先生でなもし。そりゃなんぼ飲んでもかみゃーしませんが、段々と度が過ぎてきて朝になっても診療所に来られんのです」

そう言ってから、

「済みません、この方が話しやすいもんで」

と本田課長は詫びた。

「いや構いません。前の病院でも名古屋出身の先生が同じような話し方でした。懐かしいですよ」

「それで看護婦に宿舎に、あそこに見えるあれですが、呼びにいかせたのですが、寝ていたようです。起こしたらろれつが回らん状態でした。また遅くまで飲んでいたんでしょう。それで午前中は臨時休診になりました」

「でも先生がひとりしかいないから、突然休診では大変でしょう」

「そうです。そんなこと一度や二度じゃありません。しかし何しろ先生がいないことには商売になりませんから大目に見てましたが、ある時など、また出勤しないので今度は男の事務員に呼びにいかせました。そしたらあんた、『手が動かん』と酒臭い息で言われたそうです。右手が全然動かんと。肘から下がブラブラになっていて、自分で『脳卒中や』とのご託宣《たくせん》ですわ。それで大騒ぎになって、名古屋大学まで車で運んだんです。この日は一日中休診でした」

「それは急性の末梢《まっしょう》神経麻痺《しんけいまひ》ですね」

「先生。何でそんなことわかるんです。診察もせんで」

田中課長は驚いた顔つきで聞いてきた。

「酔っぱらって、正体なくして自分の腕を枕にそのまま寝てしまったんでしょう。同じ姿勢で寝ていたので、肘のところで圧迫された神経が仮死状態になり、そこから先の手が動かなくなったのです。まあ一、二カ月もすれば元に戻りますが」

「へえ驚いた。名古屋の先生もその診立《みた》てでした」

「似たような病気に、ハネムーン症候群というのがありますがね」

私は少しおどけて言った。最新の医学雑誌から得た知識であった。

「何です、そのハネムーン何やら言うのは。ハネムーンって新婚さんのことですなあ」

田中課長はもっと聞きたい様子であったが私は答えなかった。

彼は是非うちに来てほしいと懇願した。医師宿舎を改装し、家具や台所器具も新品に替えておくという条件まで提示した。私はこの朴訥《ぼくとつ》な課長の人柄が気に入った。今から、町長に会っていただきますと課長が言うのを断り、ここに決めたいと思う、但し三ヵ月後に就任したいと告げた。

ここの診療所長がどんな形で辞めていったかはともかく、今まで世話になった飯田病院に不義理をするわけにはいかない。それで飯田病院の採用時の契約書にあるように退職三ヵ月前にその申し出をすることにしたのである。

＊

木野町立診療所での仕事は順調であった。町長は医者がひとりでは大変だから非常勤でもいいので内科の医者を確保しようと三重県立医科大学（旧三重県立医学専門学校）、名古屋大学医学部、名古屋市立医科大学などに医師派遣の要請に出掛けたが、空しく戻ってきた。だから私はひとり診療所長として何でもこなさなければならなかった。

いろいろな患者がやってきた。風邪、腹痛、高血圧、腰痛などは当たり前のことだが、自分が専門とする外科の仕事も全部ひとりでやらなければならない。脱腸、盲腸（虫垂炎）など簡単な病気は看護婦を助手として捌くことができた。前の飯田病院では鎌で手や指を切った、蜂に刺された、田植えのあと腰が痛いなど農夫に多い病気が目立ったが、それは飯田病院の守備範囲が農村も含んでいたからであろう。木野町立診療所では時々指を挫滅した、急に腰が痛くなったなどの患者も訪れた。彼らは農民ではなく工場作業員であった。これは戦後の急速な産業の復興に伴い、名古屋を中心に工場が建設されたが、その下請けの家内作業所が木野の駅周辺にもでき始めたからであった。応援の医者が来るあてはなかったが、私は朝早くから診療所に出てきぱきと捌いていった。町の人からの評判も上々であった。

＊

医師宿舎の庭の山茶花が薄いピンクの蕾《つぼみ》を付け始めた頃、千代が妊娠した。しばらく強い悪阻《つわり》が続くようになると、患者の奥さんなどが臥せている千代に代わって家事などの手伝いを申し出るようになった。

翌年、待望の子どもが生まれた。男の子であった。助産婦から手渡されてこわごわ抱きあげた。黒髪の多い子であった。澄んだ目で私を見た。まだ見えるはずがないのに確かに私を見てにこっと笑った。

中学校の国語の授業で芥川龍之介の作品を読んだことがある。芥川が生れたばかりのわが子を見て、その顔を醜悪だと表現している箇所があった。教師は芥川があるエッセイに、「人生の悲劇の第一幕は親子となったことに始まっている」と書いていると言った。なんと冷めた小説家なんだとその時は思ったが、彼はその後自殺してしまった。

芥川と違い私はわが子を可愛いと思った。汚《けが》れのない顔をして微笑んでいるこの子には将来困難なこと、辛いことがあるかもしれないが、それを守ってやるのは親としての私と千代の役目なのだと思った。名前は二人で考えた。誰に対しても優しい子になってほしい、誰とも争うことのない子に育ってほしいと願って「優」と名付けることにした。

優は母親の愛情を受けてすくすくと育っていった。父親である私は日常の診療が忙しいだけでなく、子どもがひきつけを起こしたと言われれば夜中でも診療所に駆けつけたし、爺さんが便所で動けなくなったと言われれば、日曜日でも診療所に運んでもらって脳卒中の診断をし、最寄りの病院へ送る手配をしていた。

私たちはわが子を「まさる」と名付けたのだが、いつの間にか「ゆう」と呼ばれるようになってしまった。おそらく保育園で園児のお母さん方が「ゆう君、ゆう君」と呼んでいるうちにそうなってしまったのであろう。それで私たちも自然と「ゆう君」と呼ぶようになっていった。

ゆうは利発な子であった。そのうえ、何にでも興味を示すので、知識がどんどん増えていった。

ある日、保育園の主任保母が園児健診の相談に診療所にやってきた。町にひとつしかない診療所は、乳幼児の健診まで引き受けており、医師は私ひとりだから、それも受け持つのである。前の飯田病院では週に一日だけ三重医大から小児科医が非常勤で来ていたが、何でも吸収してやろうと思っていた私は、時々彼の外来診察を見学させてもらった。それが今役立っているのである。

主任保母は私にこう言った。

「先生、このあいだ、園児たちを連れて散歩に行った時、ゆう君が、『ぼくシー・オー・エフ・エフ・イー・イー飲みたい』と言ったのです。『え？　ゆう君、それ何？』って私が聞いたら、ゆう君は、指さしたのです」

みんなで歩いていると、喫茶店の店頭の立て看板をゆうは指で示した。そこには湯気の上がっているコーヒーカップにCOFFEEの文字が書かれていたというのである。

「私たちびっくりしてしまって。先生、先生のおうちでは英語教育を始めていらっしゃるのですか」

私は教えてはいなかった。妻も英語は苦手である。しかし私が夕食後に机に向かって書物を読んだり論文を書いているのを見て、「ぼくも」と言うので机と椅子を私の横に置いたことはあった。

戦後は誰しも、これからは英語の時代だと思い始めていた。私もそのひとりであり、とりあえず英会話を勉強しようと戦後すぐから始まった日本放送協会の平川唯一《ただいち》の『英語会話教室』、通称カムカム英語を聞いていた。そのテキストも買ってあった。テキストの最初のページには、A《エー》、B《ビー》、C《シー》……が書かれており、英会話の部分はすべてカタカナが振られていた。ひょっとしたら、ゆうはそのテキストを見たのかもしれない。

ゆうは勉強をしている私にもよく質問した。

「お父さんはお医者さんでしょう。どんなお仕事しているの？」

「病気になった人が来るだろう。その人の病気を治してあげているの」

「ビョウキって何？」

難しい質問だ。すべての病気を説明することはできない。

「お父さんはね、患者さんのいのちを助ける仕事をしているの」

「いのちって何？」

かえってややこしくなってしまった。

「ゆう君も今生きているだろう。ご飯を食べたり、保育園でお友だちと遊んだり、プールで泳いだり、お歌を歌ったり。それが生きていることだよね。生きるってことはいのちがあるってことなんだ。胸に手を当ててごらん。ドキンドキンと手が動くだろう。手を動かしているものの。それがいのちなんだ」

「ぼくにもいのちあるんだ」

自分の胸に手を当てていたゆうは目を輝かせて言った。

「そう。誰にでもいのちはあるんだ。ゆう君やお友だちも、お父さんやお母さんも、そして病気の人も皆いのちを持っているんだよ」

「お父さんの患者さんもいのちを持っているんだね」

「そう、患者さんも持っているよ」

「お父さん」

不意にゆうが声のトーンを高めて言った。

「いのちが無くなるとどうなるの。死んでしまうの？」

何と説明したらいいのだろう。四歳のわが子を前に私は答えに窮していた。

＊

あるエピソードを思い出した。三カ月ほど前にゆうが保育園からハンカチに包んだものを両手で大事そうに持って帰ってきた。

「ママ、この雀《すずめ》さん。道で寝ていたの。足動かしてる」

親雀からはぐれたのか、木から落ちたのか、衰弱していた。野良猫や蛇《へび》に襲われなかったのが奇蹟に思えた。千代はハコベと米をすり潰して餌《えさ》を作り、子雀の口元に持っていったが食べなかった。水も飲まなかった。ゆうはじっと見守っていたが、夕方に子雀は死んだ。泣き叫ぶゆうを宥《なだ》めながら千代は庭の隅に小さな穴を掘り、子雀を埋めた。土を被《かぶ》せ、その上に小さな石を置き、二人で拝んだ。

「ゆう君、この雀さんは今お空に帰っていくのよ。お空の向こうにはお友だちもたくさんいるし、おもちゃも絵本もいっぱいあるから楽しいところなの。だからゆう君、もう泣かないで」

翌日、保育園から帰ってきた昼下がり、庭で素っ頓狂な声が上がった。

「ママ、雀さんまだお空に帰っていない。ここにいるよ」

ゆうは墓を掘り起こしていたのだ。この子を相手にいのちの説明は難しい。

「ゆう君、いのちって、ゆう君やお父さんお母さん、ゆう君のお友だち、それだけでなく、犬や猫、小鳥にもあるものなんだ。でもそれは目に見えない小さな軟らかいボールみたいなものなんだ。それはゆう君たちが生まれた時、お空の向こうにいる神様がみんなにくれるプレゼントなんだ。ゆう君はクリスマスの時、サンタさんからプレゼントもらったでしょう。そんなプレゼントと同じものなんだ」

「だけど、ぼくサンタさんがくれたチョコレート食べちゃったよ、パパ」

「サンタさんのくれたプレゼントは壊れたり、なくなったりするよね。神様からのプレゼントは『いのち』という大切なプレゼントでこれが無くなれば死んでしまうんだ。お父さんは神様がみんなにプレゼントしてくれたそのいのちを守るお仕事をしているんだよ」

「ふーん。パパすごいね、頑張ってね」

私は冷や汗をかき、赤面した。こんな問答を四歳のわが子とするとは思ってもみなかったからだ。私の答えが正しいのかどうなのか自信がなかった。

＊

保育園で母の日にお母さんに感謝する催しがあるというので千代が出席した。母の日は戦前からあったのだが、戦後アメリカに倣って五月の第二日曜日を母の日に定めてから徐々に普及してきた記念日である。その夜、千代がこんなことを言った。

「今日、保育園のお母さんありがとうの会に出席してきたの。園児がそれぞれ金紙を貼ったメダルを首から下げていて、先生の合図で自分の母親のところに行き、そのメダルを母親の首にかけて、『おかあさんありがとう』と挨拶をするのよ。お母さんたちは皆感激して、中には涙を流していた人もいたわ。

ゆうもメダルを持っているのに、動こうとしないの。先生が『ゆう君、お母様が待っていますよ』と催促したのね。ゆうはゆっくり歩いてきて私の首にメダルをかけてくれて、『ママ、ありがとう』と小声で言って戻っていったのだけど、その途中で『お母さんが来ていない人はどうするんだい。かわいそうじゃないか』と言ったのよ。私はそれを聞いてはっとしました。今まで華やいでいた、ざわめいた雰囲気が一瞬で消えてしーんとしてしまって。そして『そうね、ほんとだわ』という囁きも聞こえてきたんです」

「ゆうの方が我々大人より純粋でまともな考えの持ち主なんだな」

「私もそう思ったの。でも何か怖いような気がする」

「怖いって、何が？」

「あなたもそうだけど、真っすぐな人は生きにくいのよ。この世の中は」

「でも、年を重ねていけば、それなりの抵抗力や妥協力が、妥協力なんて言葉があるのか知らないが、付いてくるものだから心配はいらないんじゃないか。それでゆうの呟きはその後どうなったの？」

「先生もびっくりなさったんでしょう。思ってもみなかったことだから。でも主任さんが上手に締め括ったわ。『ゆう君、心配しないでね。今日来ておられないお母さんたちには、先生がちゃんとありがとうのメダルを持っていきますから』って」

＊

木野町立診療所の運営は順調だった。町長の努力にもかかわらず大学病院からの応援医師は得られなかった。そこでベッドを十床持つ有床診療所ではあったが、原則として入院はさせないことにした。

多くの患者は自分の家で最期を迎えた。だから臨終の時には夜中であっても私が往診をした。本人も家族も「畳の上で死ぬ」ことにこだわったのである。だがそれが叶わないこともあった。がんの末期で痛みが極限に達し、呻き声や大声を発し、果てはうわごとを言い出すことがある。家族では手に負えなくなった場合には診療所に入院させ、痛み止めを注射した。それでも効かなければモルヒネの注射をした。

モルヒネは麻薬であるからその管理が厳しいため、これまでの診療所長はモルヒネを置いていなかった。私は厚生省からの許可を取りモルヒネを使った。通常の痛み止めでは効果がなく、痛みのために顔も心も歪《ゆが》んでしまっていた患者がモルヒネにより見る見るうちに柔和な顔つきになっていった。

モルヒネは強力な鎮痛剤であるが、その副作用は呼吸抑制である。この薬理作用は医学生の時にいやと言うほど教えられた。それだけでなく、この薬の長期使用は患者を麻薬中毒にしてしまうので使用は慎重でなければならないと医学会は事あるごとに注意を喚起していた。だが私はそれを無視した。患者の体重、病気の進行状況などをもとに個々に薬の量を決めることで末期がん患者は家族や友人との面会を楽しみ、心置きなく語り合ったあとに静かに死んでいった。

あまりにモルヒネの使用が多いので、名古屋から麻薬取締官が査察にきたことがあった。しかしカルテの記載もしっかりしており、確実に患者に投与されているのを確認して、彼らは帰っていった。

確かにモルヒネを使用せずに患者を痛み苦しみでのたうち回らせておいた方が、患者のいのちは何日間かは延びたかもしれない。しかしそれより短い日数であっても、家族と濃厚な時間を共有できた方がはるかに価値があるのではないかと私は信じたのだ。

私はわが子の優と「いのち」について話し合ったことを思い出した。私は誰にでも等しく神から与えられているいのちを操作したのであろうか。そうではあるまい。私はいのちに尊厳を付けて神に返したのだと考えていた。

七章　藤《ふじ》の花

雨が降ったりやんだりの鬱陶《うっとう》しい六月、診療所から帰って三人で夕食を済ませたあと、私は書斎で本を読んでいた。優は奥の「ボクの部屋」に引きこもった。最近いっぱしに一部屋を要求したのである。そこで大好きな動物図鑑でも見ているのであろう。妻は居間で繕い物をしているようであった。

その時、玄関のドアを叩く音がした。いつもより強い音だ。こんな時刻に誰だろう。町役場の医療課員かもしれない。電話でも済むのに、何か重要な事態が生じたので直接知らせようと思ったのか。

妻が応対していたが、しばらくして、

「帰ってください。もうここには来ないで」

初めて聞く妻の甲高《かんだか》い声であった。ドアを閉めようとする音と、それに抗《あらが》う音が聞こえた。

「ご挨拶だな。それはねえだろう。お前の前の男がこうやって遠路はるばる訪ねてきたんだぜ」

野太い声であった。

「お前に逃げられてからうちは散々よ。俺は勘当されるし、勘当した親父《おやじ》は罰《ばち》が当たって脳卒中でよいよいになるし、店はあっという間に左前。なんぼ俺が遊び人だったかもしれねえが、お前さえ我慢してくれてたら、こんなことにはならなかったんだ。えー、そうじゃねえのかい」

男は一気にそうまくし立てた。ろれつが回っていなかった。酔っ払っているのだ。

「こんなに身を持ち崩してしまったが、俺はお前が嫌いじゃなかったんだ。元の鞘《さや》に収まってくれねえか。それでお前のことを捜したのよ。風の噂ではお前は玉の輿《こし》に乗ったらしい、医者さんの奥さんに納まったということだった。大阪や京都じゃ広すぎてどうにも手に負えん。まさかお前がそんな遠い所に流れていくとは思えねえ。それで片っ端から近くの病院に当たってみたが誰も教えてはくれねえ。ただひとつだけ、名古屋の方に移った医者がいると言ってくれたのがいたのよ。それで片っ端から電話して、やっとここに辿り着いたってわけ。済まねえが水を一杯くれねえか。喋りすぎた」

「帰ってください。私には主人と子どもがいます。帰らなければ大きな声を出しますよ」

「何だって。それがはるばるこうしてやってきた男に対する挨拶かい。お前は俺の初めての女じゃねえのか。いや違った、お前は俺が初めての男じゃねえのか。俺に抱かれたあの夜のことをまさか覚えていねえとは言わせねえぜ」

「そんなこと聞きたくありません。ああ！」

妻の悲鳴ともつかぬ声を聞いて私は立ち上がった。書斎の戸を開けて玄関に向かった。胸の鼓動が激しく高鳴るのを感じていた。玄関の土間に三十をいくつか過ぎた痩せぎすの男が立っていた。紺色の背広をだらしなく着た浅黒い顔つきの男であった。一見してアル中だと見て取れた。

「私は千代の夫だ。帰りなさい」

怒りを押し殺して静かに言った。だが心も身体も内側では細かく震えていた。

「さもなければ警察を呼ぶ」

「へえ、御主人様ですか、お初にお目にかかります」

酒臭い息がした。

「そうだ。妻は君に帰れと言っている。私も君に用はない。帰りなさい」

「ほう、兄《あん》さんまで帰れってですか。そうはいきません。私は女好きで遊び人だったことは認めます。親に言われて一緒になった千代は生娘《きむすめ》でちっとも面白《おもろ》うない。それで前から付き合っていた女を渡り歩いてほったらかしにしたことは悪かったと思ってます。でも女好きはわしの病気ですねん。お医者ならわかってもらえまへんか。病気は治らんものですわ。でも何とかよりを戻してもらえないかと、やっとの思いでやってきたのに、労《ねぎら》いの言葉のひとつもないのはおかしくは思いまへんか」

「おかしくはない。いいですか、過去に何があったか知らんが、ここにいる千代は私の妻です。法律的にも私の妻です。あなたに何だかんだ言われる筋合いはない。お帰りなさい」

「ほう、帰れってですか。二人揃って帰れってですか。身も蓋もない話や。さよか、仕方ない。今日のところはひとまず引きあげるとして、また来まっせ。でも手ぶらでは帰れまへん。せめて手間賃でも貰ってひとまず暇乞《いとまご》いとしましょうか。ここまで来るのに旅館に泊まったり電車に乗ったりと、大変な散財をしたんでっせ」

「よく聞きなさい。手間賃を出す積もりはない。あなたは夜分にしかも酔っ払ってやってきて理屈の通らないことを並べ立てた。さあ、今すぐ出ていきなさい。そうでなければ警察を呼ぶ」

私は自分の語気が荒々しくなっているのに気付いていた。冷静に男に言い聞かせようとしたがそれが無理だとわかったので、一刻も早く男を追い出すしかないと思った。

「そうですかい。わしも落ちぶれたもんだ。せめて宿賃、車賃でもと思ったらそれすらあかんだと。医者の頭の中はどないなっとるんや。えい胸糞悪い。それで医者さん、わしのお古、その何と言った、そう法律的はあんたの妻、わしのお古の使い勝手はどうや」

蛇のように舌を出し、上唇を舐めながらせせら笑うように男が言った。

私は土間に飛び降り、無言のまま男の頭を殴りつけた。不意を喰らって男は倒れたが直ぐに立ち上がった。

「へえ、医者が暴力を振《ふる》うんですかい。ポリスを呼ぶって、そりゃあこっちのセリフじゃねえですか」

そして垂らしていた両手をゆっくり上げ右手で拳を作り、肘を曲げてボクシングの構えを見せた。その構えが目に入るや、私は両の拳を真っすぐに突き出して素早く男の胸を打った。自分でもどこにそんな力があるのか不思議であった。突き出した両腕には全身の体重が乗り移っていた。男はもんどりうって仰向けに倒れ、玄関のドアに頭を打ち付けそのまま崩れた。

その瞬間私は三重の航空隊を思い出していた。あの数日間の銃剣術訓練が鮮やかに蘇《よみがえ》ってきた。素早く全身の体重を乗せて銃剣を前に突き出す訓練を日に何百回もやらされた、あの訓練であった。藁人形を一瞬に突き殺すように、私はこの男を突き倒したのであった。

男はよろよろと立ち上がった。私は第二の攻撃を加えようと男に近づいた。酔った男の目に恐怖の色があった。私は玄関を開けた。男は無言のまま去っていった。

私は上がり框に腰を下ろしたまま乱れた呼吸を整えていた。頭の中では妻の声とあの男の声とがごちゃ混ぜになって鳴り響いていた。思わず私は両手で耳を塞いだ。だが絡み合った声は消えないどころか、さらに音量を増して頭の中を駆け巡った。どうやら私の心臓の鼓動が波のうねりになり、それが刃《やいば》と化して男女の会話と斬り結んでいるのだ。頭の中の嵐に耐えられなくなった私は耳を塞いだまま立ち上がろうとした。しかし足に力が入らない。銃剣術ですべての力を使い果たしたからなのか。あの時、私は確かに聞いた。猪岡小隊長の「一撃で敵兵を突き殺せ」という声を。怒りに燃えた私はあの男を突き殺したのだ。その報いで足が萎《な》えたのだ。

「あなた、お許しください。私のことでこんなことになってしまって」

千代がそっと寄ってきて囁くように言った。小さい身体を一層小さく丸め、両手をついて頭を床につけたまま動かない。その横顔を見た時、頭の中でまた大声が鳴り響いた。

「どうや、わしのお古の使い勝手は」

二度、三度その声が聞こえた時、私は押さえていた耳から手を離し、千代の頬を激しく打った。ぐしゃっと鈍い音がした。千代の口から鮮血が迸《ほとばし》り出た。殴られたまま千代は身じろぎもせずうずくまったままだった。

私はよろよろと立ち上がって、書斎に戻った。机の上に置いた両手は細かく震えて止まらなかった。読みかけたままにしておいた論文の文字も踊っていた。もう頭の中で人の叫び合う、怒鳴り合う声は消えていたが、その逆で頭が空白になってしまったのだ。

私は椅子から下りて畳に座り、目をつぶったまま呼吸を整えた。

突然、米四升を背にして郷里に復員する途中の禅寺が目の前に浮かんできた。あの時、老師は言った。

「お前様もなさるがよい。このように両手を軽く組んで臍下に置き呼吸を整えなされ。ただただ静かにおのれの呼吸を整えなされ。無になること、空になることじゃ」

しかし、煩悩の鬼になってしまった私は、ただ意味もなく坐ることしかできない。だが手の震えは止まった。同時に両目から大量の涙が溢れ出してきた。頬を伝って滴《したた》り落ちる涙は太腿《ふともも》を濡らした。それでも私は坐り続けた。

＊

朝の冷気で目が覚めた。私は達磨《だるま》がそのままごろんと横になったような格好で寝てしまったのだ。昨夜のことが蘇ってきた。悪夢を見たようであった。夢ではないなと何度も自分に問うてみた。夢ではない。千代の手当てをしなければ。あれだけひどく殴ったのだから歯も何本か折れているに違いない。顔も腫れているだろう。いつもは朝食ができている時刻だが台所は静まり返っていた。千代は優の部屋で一緒に寝たのであろう。

しかし優も千代もいなかった。まさかと思って狭い納戸《なんど》を覗いたがいなかった。あまりの痛さに耐えかねて夜のうちに優を連れて治療を受けに出ていったのか。それにしても名古屋まで出なければ医者はいないはずだ。実家に帰ったのだ。しばらく疎遠にしていた実家に帰ったに違いない。きっとそうだ。何でそんなことに気付かなかったのだろう。

昨夜の残り物を食べて診療所に出掛けた。だが仕事をしていても二人のことが気になった。本人は無理だとしても実家の親が電話をかけてくるだろう。しかし翌日も次の日も何の音沙汰もなかった。

四日目の夕方、もしやと思いながら帰宅したが部屋は暗かった。灯りを点けた。私が見たのは、朝に家を出たそのままの光景であった。テーブルには茶碗や皿、急須が乱雑に置いてあった。私が帰るのを待って親子三人が食事をするあの温かさは消えてしまっていた。汚れた食器を流しに運びながら、明日の朝、出勤前に警察に行き千代と優の捜索願を出そうと決心した。

その夜、九時頃、玄関でことりと音がした。二人が立っていた。千代の左の顔面は腫れ上がり黒ずんでいた。優は顔も身体も煙突掃除夫のように真っ黒になっており、怯えた顔をして母親の手を摑んでいた。射るように私の顔を見つめていた。

「帰ってきたのか。早く上がれ」

絞り出すような声で私は手招きをした。全身の力が抜けた私はその場に座り込んだ。

「よかった、さあ早く」

そして優に、

「サイダーが冷蔵庫に入っているよ。飲みなさい。喉が渇いただろう。飲んだらお母さんとお風呂に入りなさい。夕食はお父さんが作っておくから」

と言った。

「うん」と優は言い、上手に栓を抜いてサイダーを一気に飲んだあと、

「ボクひとりで入れる」

と風呂場に行った。

千代は着替えを持って後を追った。水音や優の弾んだ声が私の耳に心地よく響いた。

まだ濡れている黒髪といつもの澄んだ目をした優は私には眩しかった。この子にとんでもない思いをさせてしまったという負い目がそう感じさせたのであろうか。その優が、

「今日はパパの隣でご飯食べたい」

と言った。夕食のあと優はすぐ寝室に行った。よほど疲れたのであろう。優が寝入ったあと、千代が話し始めた。

「あの夜、私は優を連れて実家に帰ろうと駅まで歩いていきました。最終列車は出たあとでし

た。仕方なく優と抱き合って駅のベンチで寝ました。ひどい顔になった私と駅で夜を過ごすことになれば、優がおかしいと思うに違いありません。あの子は敏感ですから」

「それなのに優は『ママ、遠足だね』と言うのです。朝の一番列車に乗ろうと思ったのですが、実家に帰っても周囲には私のことを知っている人がたくさんいます。そこでは優と二人で暮らしてはいけないのではないかと思いました。しかも一番列車に乗ろうとやってくる人の中には私の知っている人がいたのです。多くは患者さんであなたに診てもらっているのです。私は顔を隠すようにして駅を出ました。人目につかない細い道を、どこといってあてもなく歩きました。途中駄菓子屋があったので、パンと牛乳を買いました。優がまた『ママ、遠足だね』と言うのです。涙を見せないようにしながら優の手を引いて歩きました。優がお腹が空いたと言いました。お日さまを見ると、もうとっくにお昼を過ぎているのです。

一膳めし屋があったので入りました。もう昼飯は終わった、夕飯までは間がある、と店の主人に断られました。仕方なく店を出ると呼び止められたのです。お婆さんでした。『あんたら、お乞食さんかい。どこに行かれる。ちょっと待ちなされ』と言われました。しばらくすると大きな握り飯を二個と昆布の佃煮を竹の皮で包んで持ってきました。『これを持っていきなされ。どんな事情があるかわからんが道中ご無事での』。そして折り畳んだ紙を二枚差し出しました。『これは柿渋紙《かきしぶがみ》と言うてな、水を通さんのや。雨が降った時お使い。あんたらが店に入ってきた時、ちょうど夕飯の支度をするので暖簾《のれん》を下ろすところじゃった。それで息子が邪険にして済まないことでしたの。わしは奥で洗い物をしていて、見過ごすことができんかったので声かけさせてもらいました』。そうお婆さんは言われたのです。乞食の親子と間違えられても仕方がない格好だったのです。私は言い訳もせず、お布施を押し戴いてまたあてもなく優の手を引きながら歩き出しました。

山道を登っていくと荒れ果てた神社がありました。神社というより祠《ほこら》です。その夜はその祠で休みました。お婆さんにいただいた柿渋で作った紙は夜の寒さから私たちを守ってくれました。乞食さんなら乞食さんの覚悟はあるでしょうけど、私にはそんな根性はありませんでした。

朝起きて祠の裏手を登っていくと、ごーっという音が聞こえました。滝だとわかりましたが深い霧が立ち込めていて見えません。しばらくその場に立っていると風が吹いてきました。霧が散らされてあたりが明るくなりました。きれいな薄紫の藤《ふじ》の花が浮かび上がり、その向こうに滝が見えました。そんなに大きな滝ではありませんでしたが、幾筋にも分かれて岩にぶつかり、しぶきを上げて滝壺に落ちていきました。

その時、風で揺らいだ何本もの藤の花房が私を手招きしたのです。私はしゃがみ込むと優の両手をしっかり摑みました。そしてこう話しかけたのです。『優君、お母さんは遠い、遠いところに行こうと思うの。そこはきれいなお花がいっぱい咲いているし、食べるものもたくさんあるの。アイスクリームもキャンディーもあるのよ。優君、一緒に行こうよ』。

優は一瞬目を輝かせました。でもすぐに一歩引き下がりながらこう言ったのです。『ママ、パパも一緒？』。私は優が何かを感じたのだと思いました。『優君のパパはまだお仕事があるでしょう。優君も知っているわね。患者さんを治すお仕事。だから一緒に行けないの』。私はやっとそう答えました。

『パパはいのちのこと勉強しているんだね。いのちってみんなにひとつずつあるんだって。ぼくにもママにもパパにも。パパはそのいのちを大切にするお仕事をしているんだって』。そう言うと優は私の手をぎゅっと握りながら私の目を見つめたのです」

千代はそこまで言うとその場に泣き崩れた。

「私はあの子を道連れにはできないと気付いたのです。それで、それで戻ってきたのです。どうぞ、今までの生活を続けさせてください」

＊

千代の顔の傷が治るまでに三カ月かかった。折れた歯の治療は隣町まで行かなければならなかった。町の人たちは妻の容貌を見ていろいろ噂をし始めた。初めはひそひそと、次第に大っぴらに。

私はこの町を出る決心をした。これまで気持ちよく働いてきた診療所だったし、町民も素朴で親切であった。しかし、事件らしいことがほとんどない田舎町ではちょっとした噂でもある種の娯楽に変わってしまうのだ。私はその原因の張本人が自分であることは十分に承知していた。あの時の私の処理がまずかったのだ、もっと大人の対応があったのではないかという思いが私を責めた。

もうひとつここを出ることにした理由は、再び「あの男」がやってくるのではないかという恐怖であった。私が一撃で彼を倒し得たのは、軍隊での激しい銃剣術訓練によるものだが、相手がひ弱な医者である私を見くびっていたのもその一因であろう。彼が復讐の鬼と化したならばあらゆる卑劣な手を使ってでも私たちに危害を加えるに違いない。その時、私は妻と子を守るためにどんな方法を取ることができるだろう。もし正当防衛を超えて相手に傷害を与え、私が刑に服するようなことがあれば、私の家族はばらばらになってしまう。今やっとこうして家族が回復したのにそんなことは絶対にしたくはないのだ。

医局の書架に『日本医事新報』があった。ぱらぱらとページをめくっていくと、医師の求人広告欄があった。ひと枠百文字程度の制約があるのか、どの広告も決まった表現であった。文字通り北は北海道、南は九州までの病院名がその順番で掲載されていた。その数およそ百。私の想像をはるかに超えた数であった。

その原因は数年前に始まった国民皆保険制度であった。この保険制度によりすべての国民は健康保険証一枚持参すればどこででも医療が受けられるようになったからである。それまでは健康保険証は大企業や公務員など一部の国民しか持っていなかった。つまり国民の数パーセントしか満足な医療を受けることができなかったのだ。その健康保険証をすべての国民が手にすることができたのは当時の日本医師会会長武見太郎の力によるものであった。有力な政治家と強いつながりを持っていた武見会長は日本医師会を強大な学術団体に仕立て上げ、その圧力のもと、遂に新たな国民健康保険法を国に作らせたのだ。

その結果、国民は身体に不調を感じれば財布の心配をすることなく近くの医療機関に行くことができるようになった。そして当然のことながら、全国の小都市の病院は深刻な医師不足に陥ったのだ。

数ある広告のうちのひとつにはこう書いてあった。

「急募——十年以上の経験ある外科医優遇、医長待遇も可」。さらにこう続いていた。「悠々と流れる日本一の大河信濃川に育まれた歴史と文化そして教育のまち長岡。豊かな自然の中で働いてみませんか」

長岡市の農業協同組合立長岡病院の広告である。ここも健康保険証を手にして押し寄せる患者を前にして深刻な医師不足に陥っているのだ。

長岡市は江戸時代の旧長岡藩が母体となり発展した街で、質実剛健の気風で知られ、子弟の教育にはことさら熱心であったという記事をどこかで読んだことを思い出した。そうだ、ここにしよう。

私の提案に千代も賛成した。

そこで必要な書類を農業協同組合立長岡病院に請求した。直ぐに書留速達が来た。履歴書と職務経歴書用紙が入っていたが、「面接試験を受けていただきますので、先生の医師免許証をご持参のうえ、ご来駕をお待ち申し上げます。なお当病院規定により出張旅費をお支払いします」の文言が添えられてあった。

面接は病院長室に隣接する応接室で行われた。面接官は病院長で事務長と総婦長が陪席《ばいせき》であった。

「先生は三重の医専、いや今は大学になってますね、そこを出られて外科の医局に三年おられた。一応オーソドックスな研修を身に付けられたのですね。その後も関連病院の外科でお仕事をされ、そのあと今いらっしゃる診療所に所長先生の身分で移られたということですね」

五十歳半ばと思われる新田病院長は私の履歴書を前にしてそれを確認することから面接を始めた。

「はい、そうです」

「診療所は種々雑多な病人が来るでしょう。大変だったのではないですか」

「子どもからお年寄りまで来ましたから大変でした。その前に勤めていた病院は医局内の風通しが良くて、小児科や産婦人科の先生、精神科の先生からいろいろ教えてもらいました。それが今の診療所でも役立っています。もちろん、小児科の病気は症状の変化が速いですから、積極的に大学病院に紹介するようにしていました。産科や婦人科もそうです」

「なるほど、その病院のシステムはすばらしいですね」

院長や陪席の事務長、総婦長が知りたがっているのはそんなことではないことはわかり切っていた。何故、今の診療所に移ったかを知りたいのだ。私は先手を打つことにした。

「私は大した学歴も研究歴もありません。ですからこの病院も含めてですが、大病院でいいポストに就くことは考えておりません。今いる診療所のようなところで働くのが一番私の性《しょう》に合っているように思います。ただ働いていて不安に思うことがたくさんあるのです。まだほかの科の病気のことを知っておきたい。そのためには大病院であってしかも開放的な医局があるところでもう一度仕事をしたいと思ったのです。もちろん外科医として採用されれば外科医の義務を果たすのは当然で、手を抜くことはしません。前の病院でもそれは固く守りました」

「ほう。驚きましたな。これまで面接試験は数多くしましたが、先生のようなお考えの人はいませんでしたな。なあ君」

院長は事務長の方を見て言った。

「おっしゃる通りです。『ここの何々先生のご指導をいただき技術を身に付けたい』などと言われる先生が多いようでした」

「そうだな、それと『博士論文を書くには症例が少ないからここで集めてこいと教授に言われた』とはっきり言う者もおったな」

ははは、と新田病院長は大声で笑った。

「この病院の医局は風通しがいいですよ、先生。それがここの売りでもありますし。むしろ先生のように積極的に他科の先生と交流を図ってもらえれば病院の活性化になります。よし、決まった。先生、合格です。先生のご都合の良い時に来てくだされば結構です。医事新報に急募と書いたのは事務長のアイデアで、外科医がここにひとりもいなくなるというわけではないんです。うちは部組織でやってますから、外科部長の下に入っていただいて、先生には外科医長のポストを用意しますがどうですか」

これで面接試験は終わった。これまでどんな手術を何例したかとか、学会にはいくつ演題を出したかなど学問的なことは一切問われることはなかった。

＊

私が辞意を表明したので木野町役場は騒然となった。町長がすっ飛んできて、辞めないように説得した。何か不満でもあるのかとしきりに聞いたのだ。そして早手回しに、「先生の仕事ぶりがすばらしいと町のみんなが言っている。それで私も町議会に諮《はか》り、早めに昇給を認めてもらおうと思っていたところだ」と言った。私はそれに対して、自分はいずれ郷里に帰ってささやかに開業をする積もりであること、そこは無医村に近い環境なのでいろいろな患者が来るであろうこと、適当にお茶を濁すような診療はしたくないので、もう少し他科の診療も身に付けておきたい、そのために少し大きな総合病院の外科に籍を置いて暇があれば他科の勉強をする積もりだと述べた。

私の決意が固く、とても翻意させることはできないと知った町長は、近隣の大学や医科大学に出向いて医師派遣を懇願した。町にとっては唯一の医療機関が閉鎖されることになれば町民の健康管理に重大な支障が生じる。結局は県の衛生部の働きかけもあり、ある医科大学が半年ごとの交代が条件で医師派遣に応じてくれることになった。

私たち一家は九月初旬に新潟県に向かって出発した。

八章　シベリア

農業協同組合立長岡病院は思ったより近代的な病院であった。名前からして泥臭い感じがしていたのだが、バックアップする大学がしっかりしているからなのであろう。医師の多くは新潟大学医学部出身だったし、そうでない者は新潟大学の医局に籍を置いていた。医師を派遣してもらっている病院にしてもその方が都合が良かった。派遣医師に問題が生じれば、派遣元である医局に連絡をして引き取ってもらい、代わりを出してもらえばよいからである。私のような、いわば一匹狼は何か問題を起こされてもどこにも尻の持っていき場がないことになるのだ。私の面接試問で、病院長が私の医師としての業績より私の性格を知りたがったのはそのためなのだ。そして私が外科医としての義務を忠実に果たすこと、その代わり私が他科の知識を修得する機会を病院が保証するという、これまでと違う契約が初めて交わされたのだ。

＊

優は母親に似て心の優しい子に育っていった。

私が久しぶりに早く帰宅した時、優は階段の三段目に立っていて、「パパ、お帰りなさい。夕ご飯一緒に食べるのね」

と言った。

「そう、久しぶりでね」

「その前に、ボクのお話聞いてよ」

「うん、聞くよ。下りておいで」

「だめなんだ。ここからでなきゃ」

「そうなの。あした優君の入学式でしょう。みんなの前で優君がお話するんですって。それで今、練習しているところなの。あなた聞いてあげてください。私食事の支度をしていたんですけど、優君に聞いてほしいとせがまれていたんです」

千代は私に助けを求めた。

「そうか。どんなお話なの。優、お父さんに聞かせてくれないか」

「うん」

と優は嬉しそうな返事をして、階段に立ったまま、ぴょこんと頭を下げて話し始めた。

「坂の上小学校のお兄さん、お姉さん。ぼくは木津優です。こんど一年生になりました。ぼくたち一年生は全部で二百四十六人です。ぼくたちはこれから勉強をしたり、運動をしたり、あそんだりいろんなことをしたいです。ぼくのしゅみは昆虫さいしゅうで、好きなスポーツは野球です。ぼくたちの中には走るのが好きな人や魚とりめいじんもいます。お兄さんお姉さんも同じしゅみの人がいると思います。いろいろ教えてください。それから坂の上小学校までは、しゅうだんとうこうだそうです。ぼくたち一年生は交通ルールを守ります。学校に来る時は、お兄さんお姉さんが先頭であるいてくださるそうです。ありがとうございます」

そこまで言うと優はぴょこんと頭を下げ、階段から飛び降りた。

「うんそれでいいよ。優君」

優が寝付いたあと、私は千代に聞いた。

「いつ、優はこんな挨拶を覚えたんだ」

「私、二週間前に坂の上小学校の校長先生から呼ばれたの。今度優が入学する学校だと知っていましたけど、びっくりしてしまって。でも、お願いがありまして、こちらからお伺いするべきですが、とおっしゃったので、私が参りますと出掛けていきました」

「お願いって、ＰＴＡの役員になれってことかな」

学校には戦前から保護者会と称する組織があって学校の運営を外から支えていたが、戦後、連合国軍総司令部によって、民主的な「父母と教師の会」に再編成されていた。最近はその英語の呼称ＰＴＡが広く使われているのである。

「私もそう思いました。だってあなたが農協病院の医長を務めているでしょう。大抵は親の職業からＰＴＡの役員を決めることが多いから」

「でも僕ができるわけはないしな。ＰＴＡの会合を夜遅くにやるなら別だけど」

「で、校長先生にお会いしたら、ＰＴＡのことではなくて、優のことだったの」

「優のこと？　優がどうかしたの？」

「そう。優に入学児童を代表して上級生に挨拶をお願いしたいって言われたの」

「またどうして優に白羽の矢が」

「おかしいでしょう。私もそう思ったの。私たち、いわばよそ者よ。一年前にここに来たのよ。でも優はすぐに幼稚園でお友だちができて毎日が楽しそうだったわ。あなたはお仕事であまり幼稚園に関心がなかったでしょうけど」

　珍しく千代はこんな口をきいた。

「優が幼稚園で楽しそうだったことと優の大演説とどうつながるの」

「そう。校長先生が言われるには、長岡市には各地域に幼稚園連合会というのがあって、校長先生はときどき連合会で園長さんたちと話し合いを持たれるそうなの。そこで、今度の入学式にはどの園児に話をしてもらおうかということになった時、優の幼稚園の園長先生が、優を推薦したんですって」

「ふーん。何でまた優を選んだんだ」

「わかりません、そんなこと。校長先生は幼稚園連合会の推薦ですからとしかおっしゃらなかったわ」

「それにしてもさっきの優の挨拶、最後の部分はすこし出来すぎてはいないかな。まあ、あれだけの長い文章を覚えたのはたいしたものだけど」

「数日前に、優は坂の上小学校に呼ばれたの。それで先生とどんなことを言うかについてお話してきたんです。だから交通ルールを守ることなんかが入ったんです」

＊

一年生になった優は天真爛漫《てんしんらんまん》そのもので、家にいるより外で遊び回るのが好きであった。友だちもたくさんできた。小学校の裏が小高い丘になっているが、その中腹に「基地」を作った。子どもの腕でひと抱えもある椎《しい》の木の枝にありあわせの材木を利用して小さな小屋を作り、日曜日になるとその小屋に入り込んで何か作戦を練っているようであった。

しかし本はよく読んだ。特に伝記ものが好きで「エジソン」「リンカーン」「野口英世」「キュリー夫人」「ナイチンゲール」「アルフレッド・ノーベル」などを片っ端から読んだ。

ある時、仕事から帰った私に、優が目を輝かせて言った。

「お父さん、ぼくはノーベル賞を二つ取るよ。そう決心したんだ」

「ほーすごいね。二つもかい。ひとつ取るのも大変なのに」

「お父さん。毎日遅くまでお仕事しているでしょう。ノーベル賞を取る気はないの」

「ええ？　それは難しい質問だね。優君。そりゃお父さんだって欲しいさ。でもそんなに簡単なものではないんだよ。ノーベル賞っていうのは」

私も湯川秀樹博士が日本人として初めてノーベル賞を受賞した時、日本中が大騒ぎをしたことを覚えている。戦争に負けて国中がしょげ返っていた時であったから、国民は湯川博士からエネルギーをもらったのだ。ちょうど私が医学専門学校二年生の時であった。学校でもそのことが話題になった。その時、野口英世がアメリカやアフリカですばらしい業績を挙げたのに、日本人だからと欧米諸国の反対でノーベル賞が与えられなかったのは怪しからん、と怪気炎を上げた学友がいたことも思い出していた。

ところが、ノーベル賞を二つ取ると宣言した優の担任の教師から千代が呼び出しを受けた。優が授業についていけない、それが気になると告げられたのだ。それを聞いて千代はすっかり動揺した。そんなふうには見えない、普通の子だと思う。親の欲目かもしれないが普通以上ではないか、とおろおろした声で千代は私に訴えた。普通の子だよ、授業についていけないなん

てことはない。授業が優についていけないだけだ、と私が言うと、

「ただ、私がすこしおかしいと思うのは」

と千代は担任の教師に同調することも言った。

「優におもちゃを買ってやっても、三日も経たないうちにばらばらにされてしまうの。ぜんまいを巻くとコトコトと音を出して動き出す自動車もそうです。あなたが優のためにと買ってきて、あの子の枕元に置いた目覚まし時計も一週間持たなかったでしょう。ぜんまいも歯車も短針も長針もばらばらになって優の机の上で寝ていました。『何故こうなるの』と聞いたところ、『何故って、何故時間が来るとベルがなるのか時計の中がどうなっているんだろうと思ったの』って言うのです」

「少し出費が重なるがもう少し待とうよ」

としか私は言いようがなかった。

＊

夏休み明けの二学期に優の授業参観日があった。千代は私に行ってほしいと強く主張した。普段は私の仕事を第一に考えていて、そんな要求をしたことがない千代にしては珍しいことであった。

病院の勤務時間中に抜け出して小学校に行くなど考えてもみなかった私は、千代の剣幕に押されてしぶしぶ同意した。幸い外来担当日ではなかったので、午前中に病棟回診や看護婦との打ち合わせを済ませ、午後二時前に坂の上小学校に着いた。

一年三組担任の津島久子先生は小柄で痩せぎすの度の強いメガネをかけた人であった。学童たちは教室の後ろの出入り口から父母がぞろぞろ入ってくるのですこしざわついていたが、始業の鐘が鳴ると、静まりかえった。先生からあらかじめ注意されていたのであろう。

前から三列目、廊下側の席に優はいた。私の方をチラッと見たがすぐに前を向き背筋を伸ばして座った。

社会の授業が始まった。先生は黒板に大きく「わたしたちのまちをしらべよう」と書き、その下に——気球《ききゅう》からながめてみたら——と書き足した。

なかなか興味深いテーマを取り上げたなと私は思った。そして二十年以上も前に代用教員をしていた自分のことを思い出した。

あの頃、私は燃えていた。当時は戦後教育に使用する教材は間に合わず、戦前の教科書に墨を塗って使っていた。私はガリ版で私製の教材を作り学童に教えたのであった。今、この一年三組の女の先生は私のように子どもたちの自由な発想を伸ばす実験をしているのではないか。

「さあ皆さん、黒板を見て。今、先生は気球を描きました。気球ってわかるかな。風船ですね。大きな風船。この気球にはかごが下に付いているでしょう。このかごをゴンドラというの。ゴンドラをよーく見てください。人が何人も乗っています。気球には船長さんがいて、上に昇っていったり南に行ったり北に行ったり操縦をしてくれます。もし君たちが乗ってあちこちに連れていってもらったら何が見えるでしょうね。乗りたい人、手を挙げて」

津島先生は黒板に描かれた気球の下に付いているかごを指でポンポンと叩きながら希望者を募った。はーい、と元気な声がした。

「はい、吉住純子さんね。純子さん勇気があるわ。あなたが一番乗りね。さあ、気球が坂の上小学校の校庭からどんどん上がっていきます。何が見えますか?」

「はい、先生。私のおうちです」

どっと笑い声が学童たちから起こった。

「だって私のうちは、学校のそばだから」

皆から笑われた純子さんは恥ずかしそうにうつむいて言った。

「そうよ、それでいいのよ。純子さんのおうちは学校の前の通りのクリーニング屋さんだもの。先生も純子さんのお店でお洗濯をお願いすることもあるのよ。だから気球が上がって行けば真っ先に見えるわね」

先生は助け舟を出した。これをきっかけに我も我もと手を挙げる子どもが現れた。

「商店街が見える」

「警察署が見える」

「宝大通りが見えてきた。バスが走っている。あのバスは東に行くから東山町に行くのだと思います」

「吉田神社が見える」

「太田川で釣りをしている人が見える」

「魚屋で魚を三匹買って出てきたおばさんが見える」

「遠くに工場の煙突が見える。あれは家具を作っている工場だ。ボクの父さんが働いているんだ」

またどっと笑いが起こった。

「皆さん、ずいぶんあちこち船長さんに連れていってもらいましたね。今日は、私たちのまちがどうなっているのか、それをみんなで勉強しようと思ったの」

津島先生は満足そうにそう言った。そのとき優がそっと手を挙げた。

「優君、君もゴンドラに乗ったのね。何が見えましたか」

「ぼく船長さんに頼んでうんと高く上がってもらいました。そしたらさっき直紀くんが言っていた宝大通りが見えて、そこを走っている新潟行きのバスも見えたよ。しばらくその後を追っかけてもらったら今度は信濃川《しなのがわ》が見えてきたから、その川の上を飛んでもらいました」

「木津君、そんなに遠くまで行ってしまったら、帰れなくなるわよ。今日のお勉強は、私たちの住むまちの暮らしだから、坂の上小学校のあたりをもっと調べようよ」

先生はあまりに範囲が広がりすぎたのでもっとこぢんまりした話に戻そうとしたようであった。私も小学校一年生の授業であればそれもやむを得ないと思った。だが優は続けた。

「でも先生、この気球は思ったより速いんです。だってもう長岡市を出てしまいました。ずっと向こうに海が見えます。海岸に工場がたくさん見えます。きっと新潟市の工場だと思います」

「優君、もう学校に戻ろうよ」

先生は悲鳴に近い声を出した。

「あ、先生、この船長さん、ぼくをシベリアに連れていってくださるって」

参観に来ていた父母から、ほーっという声が上がった。まさか一年生の口からシベリアが出てくるとは想像もしていなかったのであろう。お父さんお母さんたちからの応援をもらった優の実況放送が続いた。

「とうとう日本海を越えてシベリアに入りました。ツンドラです。背の低い木がたくさん見えます。雪で真っ白です。動物が走っています。トナカイです。トラもいます」

「優君、ありがとう。風邪をひくといけないからもう戻りましょうね」

遂に先生は、時間が来たことを理由に急いで気球を坂の上小学校の校庭に着陸させた。そして、あとは先生の、

「私たちは、自分の住むまちのことをもっと知るようにしましょう。みんなが助け合って生活をしているのだということを知りましょう。挨拶をするようにしましょう。お手伝いを進んでするようにしましょう」

という締め括りで授業参観は終わった。

私は優がシベリアまで持ち出すとは思わなかったので驚いた。

この日は少し早めに自宅に帰ることができたので、夕食時に優に聞いてみた。

「優君、今日の授業参観は面白かったね。でも優君の気球がシベリアまで行ったので津島先生は驚いていたね。お父さんも優君がシベリアのことを知っているとは思わなかったからびっくりしたよ。本で読んだの」

「うん、地図で見た。パパの本棚にあったから。ツンドラとかタイガーって書いてあった。トラもいるの、シベリアに？」

「確かに虎は英語でタイガーだけど、地図に書いてあったのはタイガでモミの木が生えている場所を言うんだ。モミの木はクリスマスツリーにするだろう」

「そうか。クリスマスツリーの木ね。パパ」

優は去年のクリスマスにサンタのおじさんからプレゼントを貰ったのを覚えていたのであろう。そのプレゼントは野球のグローブであった。幼稚園で仲良しになった園児の家に遊びにいった時、その子が野球のグローブを持っていた。帰ってくるなりぼくもグローブが欲しいと言ったのだ。

それで昨年のクリスマスプレゼントはグローブにしようと千代と話し合ったのである。

私は百貨店でクリスマスツリーとグローブを買った。グローブはサンタクロースが染め抜かれた布の袋に入って売られていた。私が帰宅した時、優はすでに寝ていたので、クリスマスツリーにその袋をぶら下げておいた。

翌日の朝早くに、居間で優が大声で叫んでいた。

「ねえ、パパ、ママすごいね。このプレゼント。ぼくが欲しかったグローブ。どうしてわかったんだろう。ぼくがこれが欲しいってこと。それにさ、サンタさんも丸正デパートに行くんだね」

優の足元に破いた紙片が散らばっていた。グローブを包んだ紙に丸正デパートと書いてあったのである。

「でもパパ、クリスマスツリーはモミの木で、モミの木はシベリアのタイガにあるけど、サンタさんはシベリアから来たんじゃないよね」

「違うみたいだね。サンタはヨーロッパの北の方に住んでいるみたいだな」

「そことシベリアとどっちが寒いんだろう」

「正確な気温までは知らないが、同じくらいではないかな」

「そう。河合君のおじいさんはシベリアの冬は寒くて苦しかったって言ってたよ」

「河合君って、ご近所の？」

千代が聞いた。

「そう河合良夫君」

「そのおじい様なら、いつも着物を着て、背筋を伸ばして散歩していらっしゃるわ。確かシベリアに抑留《よくりゅう》されていたとか」

「このあいだ、河合君のところに遊びにいった時、そのおじいさんがシベリアのことを話してくれたの。そのおじいさんは兵隊さんでシベリアという夏でも寒いところに連れていかれたんだって。冬はものすごく寒くて、外でオシッコすると、オチンチンから出たオシッコがそのまま凍ってしまうんだって」

優は驚いたかと言わんばかりの得意な顔つきで話した。

「河合君のおじいさんは何百人の兵隊さんと一緒にシベリアで働いたけれど、たくさんの人が寒さと食べ物がなくて死んでしまったんだって」

「そうか。河合君のおじいさん、やっとの思いで日本に帰ってきたんだね」

「うん。シベリアは大きな木が生えているところや背の低い木が生えているところがあるんだって。河合君のおじいさんがいたところは大きな木がたくさん生えていて、おじいさんたちはその木を切る仕事だったんだって。木を切り倒したらみんながその木に走っていくの。そして木の幹にある穴を見つけてそこに先を尖《とが》らせた細い棒を突き刺すの」

「どうしてそんなことするの。木を切るのがお仕事なんでしょう」

千代は納得がいかない様子で質問した。

「ぼくもそう思ったけど。おじいさんが教えてくれたんだ。穴は虫のおうちなの。それで細い棒を突っ込むと大きな毛虫が突き刺されて出てくるの。親指くらいの毛虫だって。気持ち悪いと思うでしょう。ねえママ」

「嫌よ、お母さん毛虫大嫌い」

「ぼくも同じだ。でもおじいさんたちは違うの。何百匹も捕まえると、焚火で熱くしたシャベルに載せて焼くの。その毛虫をみんなで食べたんだって。おいしくて夢中になって食べたって。おじいさんが死なないで済んだのは、毛虫や、蛇や、野ネズミを食べたからだって教えてくれた」

「それで優君は授業参観の時、シベリアのことを話したんだね」

「うん。あの時ぼくは毛虫を食べたことを話したかったんだ。でもやめたの。だって津島先生がひきつけを起こしたら可哀想《かわいそう》だもの」

日本の敗戦直前にソビエト軍はソ満国境を越え、満州を制圧した。一般日本人に対する暴行・略奪が横行しただけでなく、降伏した日本軍人を多数シベリアに捕虜として連行した。その数は数十万人にもおよんでいる。およそ十万人が病気や栄養失調で死亡したとされ、最近国会でも真相解明の動きがあることは知っていた。しかし身近に、しかも息子の同級生の祖父の生々しい話を息子から聞かされて私は少なからず動揺した。

「お父さんは優君が授業参観で発表したのはとても良かったと思うよ。でもほかの友だちはもっと簡単なことを言っていたよね。津島先生もそんなことを聞きたかったのに、優君がちょっと難しいことを話したのでびっくりしたんだと思う」

私が言えることはそれだけだった。

しかし授業参観から一ヵ月程経った時、千代は再度津島先生から呼び出しを受けた。優のことで相談したいことがあると言われたのだ。

「優君は別に教室で騒いだり、ほかの子どもをいじめたりするわけではないのです」

津島先生は先ずそう前置きをして、

「でも、勉強に身が入らないというのか、授業についていけないのです。私が子どもたちに問題を出せば、どの子も曲がりなりにも反応してくれます。答えが合っている子もいますし、間違っている子もいます。しかし、優君は手を挙げてくれませんし、何か上《うわ》の空というか。私は専門ではないのですが、どこかに障害があるのではないかと思いまして。最近、学習障害という言葉が教育の現場で使われ始めています。一度専門の先生に診ていただいた方がいいのかと」

と言った。そして新潟大学の教育学部に障害児教育科があるから、そこに行って相談するようにと千代に告げたのだ。

自分たちは優が学校の授業についていけないなどとは思っていなかった。むしろ優は物足りなさを感じていると授業参観の時に私は思った。しかし、優に毎日教室で接している教諭が心配してくれているのならと、千代が新潟大学に優を連れていくことになった。

＊

バスを乗り継いで新潟市に入り、バス停「大学前」で降りると目の前に大きな石柱が二本立っていた。右の石柱には「新潟大学」と書かれた黒ずんだ青色の金属板がはめ込まれていた。

「へー、でっかい石だなー」

と優は大きな声を出した。

正門を入ると直ぐ左側に守衛室があった。案内を乞うと、真っすぐ行くと大学本部棟がある、そこを右に行くと二棟目が教育学部なのでそこで尋ねるのがいいと教えてくれた。

十月の杉木立の歩道はひんやりしていた。優はまるで遠足気分で歩いている。一方、千代は先生に何と言われるのか不安で足も重くなっていた。それでも前もって準備はしておかなければと思い、

「優君、ここは大学といって大きな学校なの。優君が今行っているのは小学校でしょう。お勉強ができれば中学校、高校、大学と進んでいけるの。優君は大学に行きたいかしら。行きたいでしょう」

と話しかけた。

「そりゃね。ボクだって行きたいさ。パパは大学に行ったの」

「もちろんよ。お医者さんは大学に行かなければなれないのよ。お医者さんに」

「ふーん。それじゃぼく大学に行こう。決めた」

「今日はここの先生がいろいろ優君とお話がしたいんですって。聞かれたことには何でもはっきり返事してね」

「うん、わかってる」

教育学部棟は木造のがっしりした建物であった。中に入ると事務室があり、二階の奥北側に障害教育科川島研究室があると教えてくれた。

川島和正《かずまさ》教授は五十代半ばの温厚な顔つきの先生であった。

千代は優の担任教諭の言葉をそのまま川島教授に伝えた。

「ほう」

と言いながら、教授は優の方をじっと眺めている。眺めるというより観察していたのだろう。優は椅子に腰掛けているが、椅子の背が高いので優の足は床に届かず、ぶらんぶらんと足を前後に動かしていた。

「僕は川島という名前です。この大学の先生をしているの」

ちょっとおどけた仕草と弾んだ声で川島先生は自分の方から優に話しかけた。目上の人からそのように言われた優はすっかり驚いてしまい、椅子から飛び降りて立ったまま「僕は木津優《まさる》です。坂の上小学校一年生です」と、神妙な顔つきで答えた。

「そう、まさる君か。私は和正、川島和正です」

「でもみんなは僕のこと『まさる』ではなく『ゆう』と言っています」

「そう。ゆうって。その方が便利かもしれないな。お父さんやお母さんがせっかく考えて君の名前をまさるにしたのに、便利だなんておかしいけれど、もし優君が外国に行くようになれば、ゆうの方が呼びやすいからね。日本はこれからどんどん大きくなっていくから、外国に行く人が増えてくると思うよ。優君は外国に行きたいかね？」

「もうぼく行ってきました。シベリアに」

「え？　シベリアに。どうやって？」

「ツンドラやタイガにも」

びっくりする川島先生に、千代は授業参観の時のことをかいつまんで説明した。川島先生はふーんと言ったきり、しばらく優の顔をまじまじと見ていたが、

「わかりました。優君としばらくお付き合いしましょう。ちょうど、学生実習が始まるので学生たちにもいいケーススタディになるでしょう。いろいろ調べさせていただき、結果が出たらきっちりと説明します」

と言った。

川島教授が津島教諭に連絡を取ってくれて、早速来週から、毎水曜日の午後三時から二時間ほど教育学部のセミナー室で検査をすることになった。

毎回千代が優をセミナー室に連れていった。そこでは川島教授のほかに男女の学生が五人いて、彼らは将来、障害児教育の教員を目指していると言った。優はお兄さんやお姉さんと直ぐに仲良しになって、ゲームをしたり、キャッチボールをしたりした。その遊びの中での会話や

反応から子どもの性格や能力を調べるヒントがあるのであろう。そのような断片を集めて分析し、最終的には川島教授が小児用に開発した知能テストを時間をかけて実施し、最終判定することになっているのだ。

＊

川島教授から結果が出たとの電話が入ったのは十二月初旬であった。期待と不安を抱えながら千代が川島研究室に出向いた。優の相手をしてくれた実習生も同席した。教授からの正式な報告を聞くためである。

「いやあ木津さん。随分時間がかかってしまって。知能テストそのものなら、なんてことありません。簡単です。このウェクスラー検査の小児版をマニュアルにしたがってぽんぽんとやっていけばいいのですが、せっかくの機会でしたから、学生実習を兼ねてやらせてもらおうと思ったのです。そうすれば被検者《ひけんじゃ》、つまり優君のことですが、被検者を多角的に見ることができ、全貌が明らかになるからです。それで時間がかかりました。

さて結論から先に申し上げます。優君の知能指数は百四十八です。最優秀の知能です。実はもっと高いのかもしれませんが、飽きるのか面白くないのか、問題をやってくれないのです。ここにいる兄さんや姉さん方と遊びたいのでしょうね。この学生さんたちも優君とお付き合いして楽しかったみたいですよ。なあ君たち」

「そうです。質問しても、直ぐにわかってしまうのか、答えるのが馬鹿らしいのか話題を変えてしまうのです」

学生のひとりが言った。

「そうです。私たち逆襲されて困ったことがありました」

女子学生であった。

「最初の日に『お姉さん、ここの入り口の大きな門に、にいがただいがく、って書いてあったよ。僕は小学校だし、向かいのお家のお兄さんは中学校に行ってるけど、ここはなぜ大学校って言わないの』って言われて、私何て答えていいかわからなかったんです」

「僕も横で聞いていて関さんがうろたえていたのを知ってます。僕も、答えようがなかったので、助け舟は出せなかったです。こんな質問する一年生なんて知りません。それで歴史学の講師の先生が僕のクラブ活動の柔道部部長なので聞いてみました。そうしたら、その先生もよくわからんて。おそらく明治維新後すぐに新政府が日本全国の学制を決めた時と関係があるのではないかとおっしゃってました。全国を小学校区、中学校区そしてその頂上に大学校区を置いたんだそうです。しかしそののち帝国大学令という法律を作って大学は大学校とは呼ばず大学としたようです。何しろ帝国大学は初め東京にひとつあっただけでその後全国に作りましたけど、それでも最終的に九つしかなかったからまさに高嶺《たかね》の花だったようです。新潟大学はその前からあった医学校や師範学校や新潟高校が集まって戦後数年で大学になったまだ若い大学です」

もうひとりの男子学生の発言であった。

「うーん。そうだね。一年坊主に本学の由来を教えてもらったね」

川島教授はそう言った。

「つまりわかりやすく申し上げると、優君は現在、三年生、いや四年生くらいのことを知っているのです。本を読ませてもすらすら読めるし、読みながらほかのことを考えているふしがあるし。だから一年生の教科書も話題も興味がないのです。担任の先生も困るでしょうな。そうかといって、いきなり外国の教育システムを取り入れるわけにもいかんでしょうし」

「外国は日本と違うのですか？」

珍しく千代が言葉を挟んだ。

「ええ。たとえばアメリカでは一年生、あるいは二年生のままで、ある科目が抜きんでている子はその科目の授業だけ、四年生、五年生の教室に移動させているということが最近の『教育時報』に出ていましたね。ドイツなんかはもっと古くから優秀な学生は中学を卒業した時点で大学ですよ。十八世紀のシェリングという哲学者は、何と十五歳で特例入学という形で大学に入っています。そして二十四歳で教授です」

さすがに川島先生は教授だけあって豊富な知識を持っていると千代は感心して帰ってきた。私たち夫婦は優に対して特別な教育をすることはしなかった。とにかく元気で、友だちを作って普通の小学生として毎日を送ってくれればいいと思ったのだ。東京や大阪はもとより名古屋や新潟市に親戚がいるわけではなかった。そうかといって、千代が優を連れて都会で暮らし、最近流行り始めた英才教育を売り物にしている学校に通わせる考えもなかった。

一時期、千代はこの英才教育に関心を持っていたことがあった。だが私は反対だった。そんな教育を受けた子が成績だけで社会の上層部にのし上がっていく。頭でっかちの人間を作ってどうする、というのが私の持論であった。それに、もうひとつの不安というか恐怖が私の心の中に巣くっていたのも事実であった。それは、もし英才教育崩れの人間が出来上がってしまったらどうする。子どもに対して取り返しのつかないことをしたことになるではないか。それが私を躊躇《ちゅうちょ》させた主たる原因のように思えるのだ。

九章　墓石と襟巻

小学校四年生になった優は念願の野球部に入った。

敗戦直後の国民の楽しみと言えば野球であった。子どもは焼け野原で三角ベースの野球をした。二塁がなく、ホームと一塁、三塁の三角形で行う野球である。グローブやバットは親がありあわせの材料で作った。やがて国力が回復するのと並行して、戦前からあったプロ野球が復活し国民の娯楽として定着し始めた。戦前から打撃王として知られていた巨人軍の川上哲治選手は戦後も大活躍し、彼の名前を知らない子どもはひとりもいないほどであった。

昭和三十年代から普及し始めたテレビが野球の人気に拍車をかけた。川上のあと金田正一、中西太などの名投手、打撃王が現れ、さらに長嶋茂雄や野村克也のバットから飛び出す快音が国民を熱狂させ、プロ野球の黄金時代が生まれた。学校でも野球は花形スポーツになったが、優が小学生の頃がまさにその時代であった。だが学童の身体発達への影響から野球部に入れるのは四年生以降とされていた。

優もやっとその野球部に入れたのである。

＊

五年生になったある日曜の夕食の時、優は浮かない顔をして言った。

「お父さん。白血病《はっけつびょう》ってどんな病気？　重い病気？」

「そうだね」

と私は答えた。迂闊《うかつ》なことは言えない。

「どうしたんだ。学校で習ったのかい、そんな難しいこと」

「いや、ちょっと聞いただけ」

優はそれ以上尋ねなかった。

しかし、それから三カ月ほど経って優は再び私に尋ねた。

「お父さん。白血病は重い病気なんでしょう。どうなるの、患者さん」

思いつめた顔つきであった。

「誰か優君の知っている人がなったのかい、その病気に？」

私の声も心なしか上ずっていた。

「今日、お昼に教員室に行ったの。ぼくクラス委員だから学年主任の先生からの連絡簿をもらいに行かなければならないの。そうしたら同級生の河合良夫君のお母さんが来てて、星野先生と話をしていたの。良夫君しばらく学校に来ていないんだ。星野先生は『良夫君は今熱が出ていてしばらく入院するから』って言ってたけどもう三ヵ月だよ。ぼく連絡簿を受け取って帰る時、良夫君のお母さんが泣いているのを見たんだ。星野先生もうつむいていて泣いているみたいだった。ぼくそっとすり抜けてきたけど」

「このあいだ優君は白血病のことを尋ねたね。誰から聞いたの、その病気？」

「ぼくが調べたんだ。自分で」

「自分で？」

私は絶句した。どうやって調べたのだろう。

「保健室に行って先生から『家庭の医学』っていう本を貸してもらったの。そして〈発熱〉と〈貧血〉のところを調べたの。良夫君はぼくと同じ野球部でしょう。でも春頃から練習を休むようになったの。良夫君がうちに遊びにきた時、お母さんが『良夫君、ずいぶん色が白くなったね。あまり外に出ないの』って聞いていたでしょう。確かに野球は休んでいたけど、ぼくには身体がだるいから休むんだ、って言ってた。病院に行ってたみたい」

「それで優君は熱があるのと、色が白いのは貧血だと思って、その二つで調べていったら白血病に辿り着いたのか」

「うん。今日、良夫君のお母さんと先生が泣いていたから。きっと、ぼくは良夫君が」

そこまで言うと優は立ち上がり、腕で顔を拭いながら出ていき自分の部屋に籠った。

私は千代に目くばせをした。

「白血病だな。間違いない」

＊

十一月になっても良夫君はまだ入院したままだった。ホームルームの時間に、良夫君のお見舞いに行こうと言い出した者がいた。星野先生は、

「君たちが河合君のことを心配してくれるのは先生嬉しいです。きっと河合君も君たちに会いたがっているでしょう。先生は夏休みの時に二回、二学期になってからも一回病院にお見舞いに行きました。でもね、夏休みの時は良夫君のベッドまで行って、そこでお話ができたんだけど、今は違うのよ」

「手術したの？」

と手を挙げてそう質問したのは、ついこのあいだ盲腸の手術を受けたばかりの西沢君だった。

彼はズボンを下ろしては手術のあとの傷口を皆に見せて英雄になっていた。

「いいえ、そうじゃないの。良夫君はね、今が一番大事な時なの。今、大きなガラス箱のよう

な中に入って治療を受けているの。皆が近づかないようにそんな大きな箱に入っているのよ」

「まるで金魚みたいね。苦しくないの？　河合君」

女の子が先生に尋ねている。

「苦しくないわ。酸素ボンベから酸素を送ってるから苦しくないのよ。それより、ばい菌が入らないようにガラスの箱で仕切っているのよ。みんなから」

えーっという声が起こった。

「今、良夫君は身体が弱っているの。それで、すこしでもばい菌が身体に入ると病気が重くなるんですって。それで病院がばい菌のいない小さな部屋を作ってくれたの。良夫君はその部屋で生活をしているの。良夫君に会いたければ、その前に手をきれいに洗って、ちゃんとマスクをしてからでなければだめなの」

星野先生は必死になって子どもたちを説得した。

優はどんなことがあっても良夫君に会おうと決心した。保健室で読んだ『家庭の医学』の内容が鮮やかに蘇ってきたからであった。

＊

優は日曜日に良夫君に会いに病院に行った。クラスで書いたお見舞いノートブックを持っていった。星野先生の言う通り良夫君は大きなガラスでできた部屋に入っていた。顔は細くなり目は落ちくぼんでいた。日陰の瓜のように顔も腕も真っ白であった。それでも優の顔を見ると笑顔になり、ゆっくりと細い手を振った。優は「良夫君　おみまいノート　5年A組」と表紙に書かれたノートブックを高く掲げて、身振りでこのノートを看護婦さんに渡しておくことを伝えた。良夫君は、うんうんとうなずいた。別れ際に優は良夫君を指さし、次いでバットを持ち大きくスイングする身振りをし、再度良夫君を指さした。バットを振ったのは自分ではなく良夫君であり、早く良くなってまた一緒に野球をしようという思いを伝えたかったからだ。

看護婦さんが「お見舞いノート」を点検し、消毒したあと良夫君に渡すと約束してくれた。寄せ書きをしたクラスメートに川上和子がいた。クラス一のこの美少女は良夫君に淡い思いを抱いているのだが、彼女はこう書いていた。

河合くん。河合くんが入院したので教室はさびしくなりました。星野先生は河合くんが今一番苦しいとうびょう生活をしているといわれました。お見まいに行くのはいいけど、ガラスごしでしか話ができないし面会時間も短いといわれました。私はきっと泣いてしまうと思うので行けません。その代わり今、河合くんのファンクラブを作ろうと知子さんや美江さんたちと話しあっています。みんな河合くんが去年の長岡市小学校野球大会でホームランを打った姿をおぼえています。かならず良くなって帰ってきてください。

きっとよ。

良夫くんへ

川上和子より

良夫君は優のバットを振るジェスチャーを見て、その意味を理解したのであろう。彼は細くなった両手を合わせ、力なく頭を振った。彼は看護婦から「お見舞いノート」を受け取り、川上和子の文章を読むだろう。みんなの目に触れるノートだから彼女は控え目な内容にしていた。彼女の「きっとよ。良夫君へ」は良夫君への思いを籠めたものなのだ。だが良夫君は彼女の願いも叶えてやることはできないと、力なく頭を振るだろう。

十二月に入ると長岡の街にも雪が降り始めた。積もったり溶けたりの気候であったが、クリスマス近くになると本格的な雪景色になった。

街の中心部ではクリスマスツリーが電飾を付け賑やかになった頃、良夫君は病院で亡くなった。数日前に激しい頭痛を訴えてそのまま意識をなくし、回復することなく死亡したのだった。主治医は脳に出血が起こったのだろうと言った。

年が明けて二月下旬、新潟は大雪に見舞われた。長岡も道路の除雪作業が追い付かないほどの雪が積もった。小学校と中学校は二日間臨時休校になった。歩道にうず高く積もった雪が固まり歩けなくなったのと、車道を歩けば危険だからというのが休校の理由であった。

その数日後の午後、木津家に訪問客があった。和服にインバネスを羽織り雪駄《せった》を履いた紳士であった。

「お初にお目にかかります。河合良輔《よしすけ》と申します。河合良夫の祖父です」

と老紳士は背筋を伸ばして名乗り、深々と頭を下げた。

「生前、孫の良夫がこちらの優君と仲良くしていただきました」

「いえこちらこそ。このたびはまことにご愁傷様《しゅうしょうさま》でございました」

千代はこう答えるのが精一杯であった。

「ちょっとお礼を申し上げたいことがございまして、ご迷惑とは思いましたが、まかり越した次第です」

「お礼とは何でございましょう。まあ立ったままでは……」

慌てて千代は玄関に置いてあった座蒲団を上がり框に敷いた。それに腰を下ろし良輔は話し始めた。

「先日の大雪の日は孫の命日でしてな。お参りに行かななならんと思いましたがあの雪では。

しかし昼前に雪はやみましたから寺までは行きました。そこから私どもの墓まではどうしようと思いまして、墓地の入り口まで参りますと、なんと雪かきがしてあるのです。人ひとりがやっと歩けるほどでしたが、ずっと雪が寄せてあって、私どもの墓の方まで続いておりました。

墓に近づくと、何かが動く気配がありました。人です。さっと杉木立の方にそれて走っていき見えなくなりました。不思議なこともあるものだと思いながら墓に行くと墓石はきれいに雪が払ってあり、襟巻が巻いてありました。そして花立《はなたて》の横には野球ボールが一個置いてあったのです。

それを見て私は一瞬にしてわかったのです。優君だ、優君が来てくれたのだと。優君があの子が死んだ日を覚えていてくれたのだと。私が来るに違いないと、優君は私の足元を心配して雪かきをしてくれたのです。

私は涙が止まりませんでした。孫の人生は短いものでした。しかし優君というすばらしい友だちに出会えたことを良夫は喜んでいることでしょう。本日はそのお礼を申し上げたくてお邪魔をさせていただいたのです」

河合老人は立ち上がり、再び深々と頭を下げた。

「私はおじい様が今言われたことを優から聞いてはおりません。仮にそうだったとしても、あの子が自分でしたいと思ったのでしょう。だいぶ前、優がお宅にお邪魔させていただいた時、おじい様がシベリア抑留のことを話されたそうですね。冬は零下何十度にもなる寒いところで、木を切ったり道路や線路を敷いたりと大変なお仕事をなさったとか。食べるものも碌《ろく》に与えられなかったので毛虫やトカゲまでもお食べになったと優が言っておりました。優はそのお話をうかがってから好き嫌いなく食べるようになりました。先日の大雪を見て、仲良しだった良夫君のこと、そしておじい様のことを思い出したのでしょう。良夫君がきっと寒い思いをしているに違いないと思ったのでしょう」

「ありがとうございます。私もシベリアでは想像を絶する寒さと飢餓の中、なんとか長岡魂《だましい》で生き抜きました。そのお陰で優君と孫の友情に接することができたのだと、今は唯々」

そこまで言うと袂からハンカチを取り出し、目頭を押さえた。

十章　精神と身体

優は中学に進んだ。自転車で十五分ほどのところにある長岡市立第二中学校である。第二の名の通り古い中学で、レベルの高い高校への進学率も市内で一、二を争っていた。

新学期は新入部員獲得の時期でもある。優は野球部に入らず、軟式テニス部に入った。小学校では最後まで野球をしていたので当然中学でもそれを続けると私たちは思ったのだがそうしなかった。理由は言わなかったし、私たちもあえて尋ねることはしなかった。千代の目からみると、河合君が亡くなったあと優は野球に情熱を失っていったように感じた。それと並行して、時々レギュラーからはずされるようになった。いつも競っていたセカンドのポジションを明け渡すことが多くなったのである。

もうひとつテニス部を選んだ理由は、優の珍しもの好きの性格によるのではないかと千代は思った。小学生でテニスをやる者はいなかった。だから新入部員は全員スタートラインが一緒なのである。ラケットの握り方、ボールを打つ時の姿勢、足の前後の置き方と歩幅、フォアとバックでのスイングの仕方、ラケットの面に当てるボールの角度などを新入部員は一斉にコーチや上級生から習うのである。そこが野球部とは違っていた。小学校では四年生になってからしか野球部に入れなかったが、中には小学校一年の時から野球をしていた子もいた。父親や兄弟が教えていたのである。そのような子は連係プレイやバッティングで華麗な腕前を示すのですぐにレギュラーになった。優はせいぜい私が休みの時にキャッチボールくらいしかしたことがなかったので、プライドをひどく傷つけられていたのであろう。その点、軟式テニス部は気が楽であった。腕はめきめき上がった。日焼けで顔も腕も脚も真っ黒になった。精悍な顔つきになった息子を見て私は嬉しくなった。

「健全なる精神は健全なる肉体に宿る」は古代ローマ時代の言葉だが、優がそうなってくれればいいと思った。夕食のあとも優は庭に出てラケットの素振りをするようになった。軟式庭球教本を買ってきて読む熱心さである。その代わりほかの本を読まなくなった。

学業成績が落ち始めた。千代が心配して、

「あなた、すこし注意してくれませんか。土曜日も日曜日も学校に行ってテニスの練習です。秋になったら中学校軟式テニス地区大会があるそうです。一年生だけの新人戦に優が選ばれたそうです。それで優は舞い上がってしまって。コーチが君は有望だと褒めてくれた。僕はいずれ県大会にも出る積もりだ、なんて言うのです。でも私は運動は苦手だったし、あなただって」

と私をせっついた。

　確かにその通りだ。私が中学生の頃は学校でのスポーツと言えばスウェーデン体操を基にした体操が主であった。これはスポーツを楽しむというより、専ら均整の取れた肉体を作ることに目標を置いたもので、戦争に備えるためのものであった。スウェーデン体操は十九世紀初めに考案されたそうだが、スウェーデンがその後軍事大国になっていないことを考えれば、強い軍人を育てるのには役立たない味もそっけもない運動であったのか。

「優がスポーツ選手で食べていけるとはとても思えません。もうすこし学校の勉強の予習復習をするようにあなたから言ってくださいませんか」

「しかし今は身体を作っておく方がいいと思うよ。人は健康でなければ何もできないし、あの子だって馬鹿じゃないんだから。それどころかあの子は優秀だからしばらくすれば目が覚めるさ。自分は将来何になるのが一番いいのか考えると思うよ。その時点で方向転換してもちゃんとキャッチアップできるんじゃないかな」

「そうならいいんですけど」

　会話はそれで終わった。

　優は親の心配をよそに学業をそこそこにしてテニスに打ち込んだ。その甲斐があって、三年生になると第二中学校は地区予選を勝ち進み、遂に県大会に出場が決まった。優は、「もし優勝できたら高校は硬式テニスができる高校に行きたい。そして将来はプロのテニス選手として活躍したい」と言い出した。

昭和三十四年に皇太子殿下が結婚したが、結婚相手はテニスコートで知り合った女性であったことが大きなニュースとなり、それまで目立たなかった硬式テニスに国民の関心が高まっていた。海外で活躍する選手も増え、名のある国際大会で準優勝する選手も現れた。それまでテレビで放映されるスポーツと言えば野球や相撲であったのが、テニスも国民の茶の間に現れるようになったのである。

私と千代の子がそもそもスポーツ選手の体形をしているはずはないし、それを職業にしても食ってはいけないことはわかり切っている。だが今それを否定したり、押しとどめても何の効果もないだろう。遠からずそうなることははっきりするのだから、頭をガツンと打たれるまで放っておくしかないと私は思った。

県大会は新潟市で、夏休みが終わる三日前の開催と決まった。テニスに限らず、軟式野球やバスケットボール、バレーボールなどほとんどのスポーツはほぼ同じスケジュールであった。つまり夏の暑い時期は太陽のもと、思い切り若いエネルギーをスポーツで発散させ、二学期になったら一転して勉学に励むように仕向けようと教育委員会は考えているのだ。優はまるで教育委員会と学校長会の意向を忠実に受け入れたかのように、夏休みを返上してテニスに打ち込んだ。

優たちのチームは勝ち進み、準決勝でも相手校を打ち破った。優の活躍がすばらしかったと応援に行った父母が教えてくれた。しかし決勝戦で私立の中学に惨敗した。相手校はミッション系の学校であったが文武両道に勝れる生徒を育てることを校是としている中高一貫の学校なのであった。

優の落胆ぶりは見ていて可哀想になるほどであった。二学期が始まったが優は相変わらず、浮かぬ顔をして学校に出掛けていった。三年生にはクラブ活動はない。受験勉強に取り組めというのが学校の方針であった。だが優は学校から帰ってくると、部屋に籠ったままであった。夕食時には階下に下りてきて夕食を一緒に摂るが、会話はほとんどなかった。しかしクリスマスのジングルベルが街中の商店街から響き始めた頃の夕食時、突然優が口を開いた。

「僕も高校に行かなくちゃ」

「え？　今から高校へか？」

私の方がむしろしらけていた。

「うん、僕もいろいろ考えたけど、スポーツ選手でやっていくことは難しいと気付いたんだ」

「なるほど。君もこの二年間テニスに打ち込んできたけど、このあいだの大会では優勝できなかったようだな。でもよく頑張ったな」

「ありがと。でも上には上があった」

「高校に行くのはお父さんは大賛成だよ。どこに行く積もりだい」

「そりゃ、県立長岡高校さ」

「中学と違って高校は義務教育じゃないから、絶対に行かなければならないと国が決めているわけではないことは君も知っているだろう」

「そりゃあ、知っているさ。だから入学試験があるってことも」

「そうなんだ。高校は義務教育ではないから選抜試験といって試験を受けなければならない。もちろん、定員三百人のところに二百五十人しか応募者がいなければ、その全員を合格させなければならないことになっている。反対に四百人の希望者がいれば、試験をして百人落とさなければならない決まりもあるんだ」

「それも知ってる。先生から聞いた」

「いつ?」

「うーん。新学期が始まった頃かな」

私は驚いてしまった。そんなに前に学校側は生徒に知らせているのだ。当たり前と言えば当たり前の話だ。名だたる高校に行こうと思えば、中学三年の新学期から生徒はその準備を始めなければならない。それでも遅いくらいなのに優ときたら暢気《のんき》すぎる。私も迂闊だった。もっと厳しく優に言い聞かせるべきだったのか。

しかし私は新学期が始まった頃に一応は将来どうする積もりだ、うちには残してやる財産も家業もないのだから、先のことを考えて勉強に熱を入れなさいと言ったことは言ったのだ。だが、スポーツに夢中になっている優は聞く耳を持たなかった。放っておくしかない、高校受験に失敗し、一年間浪人すればそれも将来の薬になるだろうと私は思った。優は頭がいいから一年頑張ればいいところに入れるし、これに懲りて勉強するようになるだろう。私の方でそう自分に言い聞かせてしまっていた。

「そうか、わかった。まあこのあたりでは一番の長岡高校に行きなさい。お父さんは君に、すこしは勉強をしなさい、将来困ることになるよと口を酸っぱくして言ってきたのに、君は大丈夫といって取り合わなかったから、そんなに自信があるのかと感心したくらいだった。長岡高校は去年は倍率が一・四倍だったと思う。三百人採るところに四百二十人が押しかけたわけだ。ほかの高校はだいたい一・一倍か一・二倍くらいだから長高《ながこう》は難関だと思うが、君なら滑り込みセーフということになるかもしれない」

「うーん。滑り込みか。それじゃタッチアウトになることもあるなあ」

「だから今から足腰を強くしておかなければ。とにかくベースまで全力で走らなければならないからね」

優は、人が変わったように勉強を始めた。学校から帰ると夕食を済ませ、あとは自室に籠ってしまった。千代が心配して部屋を覗きにいくと、邪魔しないでくれと追い出される始末であった。それでも紅茶とクッキーを持っていくと一気に食べてまた勉強という具合であった。私は優が遅まきながら高校進学を、しかも大学への進学率が極めて高い高校に行く意思を示したことを喜んだ。

＊

年が明けて一月半ばに、高校進学担当の教師の最終面接があった。その教師から優は厳しい現況を伝えられた。毎週のように第二中学校で行われている高校進学模擬テストの結果と、過去の県立長岡高校の入学試験の合格レベルを比較すると、優の成績では合格ラインすれすれだというのである。進学担当の教師から、

「だから言っただろうが。一年前から。真っ黒になってボールばっかり追っかけとらんと勉強せいと。お前はあたま悪くないんだからちょっと勉強さえしとけばこんな成績じゃなかったんだ。いちかばちか受けてみるのもいいが、落ちたら浪人だぞ。それでもいいか親と相談してこい」

と言われたのである。

これまでたった二ヵ月ではあったが、必死になって勉強した優を思うと不憫《ふびん》であったが、これが現実なのだ。私は浪人するのもある意味優の勉強になると思ったが、千代は反対した。十五歳の子には厳しすぎるというのである。そして千代は優と一緒に進学担当の教師に会うことになった。その教師も千代と同意見であった。

「木津君は私の目から見ても気立てのいい優しい子です。豪快に見えて実は繊細な性格です。高校受験に失敗し、どこかの塾に通って翌年に備えれば、まず木津君であれば長岡高校でも、越境して新潟高校を受けても間違いなく受かるでしょう。しかしお母さん、浪人すればある意味一年間根無し草のような生活を送るのです。それがいいのかどうか」

そう言ったあと教師は、この際ランクを一つ落として長岡市で二番目の長岡大手高校に願書を出したらどうかと提案したのである。この学校は旧制の高等女学校で女子の名門校であったが、戦後、長岡大手高校と名称を変え、一年前に男女共学になったのである。千代もこの学校の噂は聞いており、その上品な校風には好感を持っていた。

優はだいぶ悩んだようだが、進学担当教師の提案を受け、締め切りぎりぎりになって長岡大手高校に願書を出すことにした。

十一章　風変わりな神父

長岡大手高校に合格した優は元気に通学を始めた。自宅から学校まではバスを乗り継いで片道四十分くらいかかるのだが、それを苦にする様子もなかった。

クラブ活動は運動系か文科系のいずれかを選ばなければならないのだが、文芸部に入ったという。あんなにスポーツが好きだったのにと千代が聞いたところ、もう中学でたっぷりやった、と答えたとのことであった。文芸部に入ったのは何かのクラブに所属しなければならない決まりなのでそうしただけで、詩や小説を書きたいわけではない、ただ本が読みたいだけだからと言ったのである。

高校二年の進路指導で、教師から、

「お父さんのように医者になりたいのなら、必死に勉強しなければだめだ」

と言われたから、

「医者にはなりませんと答えておいた」

と千代に言った。そして、

「お母さん、僕はできれば東京のW大学に行きたい。哲学をやりたい」

と付け加えた。

「哲学って、あのギリシャのソクラテスの？」

「なんでお母さんソクラテス知っているの」

「なんでってて。女学校でその名前聞いたような気がするの。いつだったか、誰から習ったかもう忘れたわ。確か裁判にかけられて死刑の判決を受けたけど自殺したみたいよ。ソクラテス」

「へーっ。それだけ知っていれば上等、上等」

と優はおどけてみせて、

「ソクラテスは、若者と語り合うのが好きな哲学者だったんだ。若者を理解しようと努力したのかな。それでソクラテスの周りに若者が集まるようになったんだ。するとソクラテスに煽られた若者たちが国家を転覆しようとするのではないかと心配した大人たちがソクラテスを訴えたんだ。彼は国家反逆罪で死刑の宣告を受けてしまったの。友人たちはソクラテスを牢屋から脱走させようとしたんだけれど、肝心のソクラテスはそれを断って、有名な言葉『悪法もまた法なり』を残して毒をあおって死んだんだって」

「そうなの。優君はどうしてそんなこと知っているの」

「文芸部の顧問の芦田先生が、歴史の先生だけど、哲学が好きで大学時代に授業で習ったんだって。それでクラブボックスにやってきて時々いろんな話をしてくれるからいつの間にか哲学って面白いなと思うようになったというわけ」

と言い、最後の「というわけ」に力を込めた。

*

私は毎日が判で押すような生活であった。週に三日は外来診察をし、週に二日は手術をした。多くの患者は病気が治ったと感謝をしてくれたが、手術をしても死亡する患者ももちろんいた。若い時のように患者が亡くなったからといって、そのあとの数日間を暗い気持ちで過ごすことはなくなった。私も年を取ってきたが、そのせいで人の死を悼まなくなったわけではなかった。五十五歳の時、副院長兼外科部長になった。肩書が重くなるにつれて体力は落ちてきており、自分の周囲にも同じ年代で死ぬ者が出始めていた。

人は死ぬ、この当たり前の事実が親しい者の死を通して胸に突き刺さるようになったのである。これまで医学書しか開いたことがなかったが、仕事の帰りにたまたま書店に立ち寄った自分が哲学書や宗教書の棚の前に立っているのに気付き驚きもしたのである。

そんな時、必ずと言っていいほど思い浮かんだのは、除隊になりふらふらになりながら家路を目指した時の光景であった。

特に妙安寺の禅僧峰山殉節老師を思い出したのである。老師が特高に逮捕され刑務所に入れられたこと、住職不在になった寺を老師の妻が必死に守ったこと、その苦労がたたって妻は精神に異常を来《きた》してしまったこと、刑期を終えて出所した老師が妻の介護をしたがその甲斐もなく病死してしまったことなどを老師は訥々《とつとつ》と語ってくれた。あの時も私は涙しながら話を聞いたのだが、その一方で生は生、死は死でそれぞれ別ものと考えていたように思う。だが自分も今の年齢になってみると生と死は別ものではなく同じものだ、少なくとも同じ線上にあるのだと思うに至ったのだ。その思いが私を書店の哲学書や宗教書の棚の前に立たせたのであろう。あの時もっと峰山老師から法話を聴いておけばよかったなどと妄想に近い思いが頭をよぎった。

私は書店で本を二冊買って帰った。カントの『純粋理性批判』と瀧澤克己《たきざわかつみ》の『佛教とキリスト教』である。カントは高等教育を受けた者なら誰でも知っている哲学者である。酔った時など学生たちは肩を組みながら「デカンショー、デカンショーで半年暮らす、あとの半年寝て暮らす」と街をがなり立てながら歩いたのだが、そのデカンショーは近世の哲学者デカルト、カント、ショウペンハウエルを一緒くたにしたものなのだそうだ。この三人の哲学者で最も後世の学者に影響を与えたのはカントであることは私も知っていた。知ってはいたが彼を理解できる者は少ないのもまた事実であった。瀧澤克己は聞いたことがない名前であった。単に仏教とキリスト教を一度に知ることができるのではないかという、安直な考えで買ってみたのである。

＊

だがひょんなことから私はキリスト教会の門を叩いていた。驚いたことにドアを開けてくれたのは体格のがっしりした白人であった。年の頃は七十歳を少し越えたくらいであろうか、流暢《りゅうちょう》な日本語で、「さあどうぞどうぞ」と言い、私の手を握りしめた。和服姿で袴《はかま》をはいていた。

「わたしヨンケルといいます。ドイツから来ました」

と彼は言った。

「ヨンケル先生ですか。私は木津林太郎と申します。突然お邪魔しまして申し訳ありません」

誰もが言うような初対面の挨拶を私はこの体格のよい外人にした。

「リンタロさんですか。わたしマクシミリアン・ヨンケルです。長い名前で皆さん覚えられないでしょ。それでマックと皆さん呼んでいますね。日本の方、訪問して、『お邪魔します』とよく言います。これケンジョウですね、えーとケンジョのビートク言いますね」

私は思わず「謙譲の美徳」と呟いた。なんでこんな言葉を知っているのだろうと驚きながら。

「そうそう、ケンジョウ　ノ　ビトクですね」

おかしくなって二人同時に笑ってしまった。初対面なのにヨンケルは人の心を摑む名人なのであろう。

「お邪魔ではありません。お出でくださってありがとうございます。わたし人に来てもらうのが商売です。来てもらうと嬉しいのです」

「ヨンケル先生はどうしてそんなに日本語がお上手なんですか」

私はぶしつけな質問をした。

「リンタロさん、わたしをマックと呼んでください。だいいちわたし自身マクシミリアンという名前忘れかけています。舌嚙みそうですね。忘れかけているほどわたし日本が長いのです。戦前から日本です。もう四十年近いです、日本は。ですから日本語の生活の方がドイツ語の生活より長いです」

「戦前からですか。戦争中にドイツにはお帰りにならなかったのですか」

「そう。日本とドイツはスウジク国ね」

またもや難しい言葉を発した。

「わたし、日本に骨埋める積もりで来たのです。来たのじゃない、遣わされたのです。神様に」

「神様が日本に行けと？」

「はい。神様に代わってヴァチカンのパパ様が命令したのですが。お船に乗ってドングリコとやってきました」

どこまでも人を惹きつけるマックであった。私は初対面なのに、出してくれたコーヒーを啜りながら会話が続いた。

奇妙なことに、マックは神父なのにこのコーヒーはおいしいとか、ケーキは自分で焼いている、もう直ぐ焼き上がるから食べようなど食べ物の話しかしなかった。神のこともキリストのこともキリストの母マリアのことも一切口に出さなかった。私が何者であるかも一切問わなかった。ただ「お邪魔」しにきてくれたのを喜んでいるようであった。そして問わず語りに自分が日本に来てからのことを話し始めた。

「私はね、リンタロさん。日本文学に憧れていたのです。ドイツは日本と仲が良かったでしょ。エド時代は日本が鎖国でしたね。その鎖国のあと明治維新ね。明治の時たくさんの日本人がドイツに来ました。西洋のこと学ぶにはドイツがいいとたくさんの人来ました。わたしミュンヘン大学で勉強しました。ミュンヘン大学はほんとうの名前はマクシミリアン大学というのです。私の名前と同じね」

だからとマックはウインクしながら、

「ミュンヘン大学は私の大学なのです」

と言った。

「そこで私は日本語学科を選びました。何しろ東洋の小さな国なのに、シナやロシアを破った国ですから興味がありました。日本語と日本の歴史と日本の文学を勉強しました」

「よくそんなにたくさん勉強できましたね」

「もちろん完全にマスターできませんよ。でもわたし、語学の才能あるのです。ラテン語もギリシャ語もフランス語、スペイン語、それに英語も少しはできます」

「でも神父さんになられた」

　私は口を挟んだ。

「そうです、ドイツでは神父や牧師は大事にされますね。どの町でも村でも教会があります。キリスト教会です。町の人々は自分の町から聖職者、神父や牧師のことです、その聖職者が出てほしいのです」

「マック大学で神父になる勉強もしましたか」

「大学を卒業してミュンヘンにある修道院学校に入りました。町の人みんなで奨学金を出してくれました」

「それなのになぜ日本に？」

「そうです。神父になって約束通り私の町の教会に帰ろうと思ったら、ほかの神父がいましたね。マックその神父と話しました。とてもいい人ね。町の人も喜んでいました。それで、よその教会に行こうとヴァチカンに相談しました。そうしたら、アジアに行けと。それでわたし、志望したのです。日本《ヤーパン》に行きたいと」

「それでアジアの中でヤーパンを選んでこられたのですね」

「そうですよ。大学でヤーパンのこと勉強しましたから。わたしと入れ替わって、ヤーパンからコルベ神父が帰りました」

「コルベ神父？」

「そうコルベ神父。ポーランドへ。コルベの故郷ポーランドのクラコフという町に帰りました。でもコルベ神父はユダヤ人でしたから、ヒトラーに殺されました」

私はコルベ神父は知らなかった。その神父がユダヤ人であったから、強制収容所で殺害されたのであろう。ポーランドのアウシュビッツ収容所のことは戦後いち早く全世界に報道され、その残虐な行為は人々に衝撃を与えた。数百万とも言われる死者の中に、日本で布教活動をしていたユダヤ人神父がいたというのだ。

「マックさんはずっと日本に留まったのですか」

「はい。ヴァチカンからドイツに戻ってもよいとの通知が来ました。わたしは断りました。日本は第二の故郷と思っていましたから。信者さんもわたしに親切でした。日本とドイツはスウジク国でしたし」

枢軸国などの単語を外国人から聞かされて、私は自分の、あの短かったけれど悲惨な軍隊生活を思い出していた。

「でも戦争末期になると、日本人の態度は変わったでしょう。負け戦で自分たちが生きることで精一杯でしたから」

「それはわかります。わたしは自分で希望してここに来ました。そして感謝ですがわたしはここに長くいましたから、皆さんマックさん、マックさんと言ってくれました。でも食べ物が少なくなってバターやチーズ食べられないのは辛かったね」

マックは自分の頬を軽く叩きながらウインクとともにそんなことを言った。まるで子どものような表情であった。

「でもカルトッフェルン、えーとジャガイモね、ジャガイモなんか皆さん持ってきてくれてそれでわたし死なずに済みました。日本人ジャガイモよりサツマイモのほう好きですね。特に子どもさん。サツマイモ甘いけどジャガイモ甘くない。それでかな。でもマックはジャガイモが好きです。ドイツではジャガイモが主食です。わたしそれで日本大好きになりました。食べ物の恨み恐ろしい、と日本で言いますね。わたしその逆でした。だから恨みどころか日本好きになったのです」

「それで和服を着ていらっしゃる」

「そうです、これいただき物です。これわたしの宝です。でもそんなこと言う神父は落第ですね。リンタロさん」

私は何でもあけすけに話すマックに親近感が湧いてきた。だがマックは話題を変えた。

「わたしはイエス・キリスト様がこの地上で受けた苦しみと同じ苦しみを受けることを覚悟しています。戦争が終わるすぐ前のこと、わたし、長岡駅前の大通りを歩いていたら、三、四人の若い人から大きな声で罵《ののし》られ、石を投げられました。きっとアメリカ人と間違えたのでしょう。鬼畜ベイエイと当時は言いましたね。米国人も英国人も鬼のような人間だという教育でしたから、わたしをアメリカの鬼だと思ったのでしょう。たまたまわたしを知っている人がいて、この人アメリカ兵ではない、ドイツから来られた偉い人じゃと叫びました。石投げた人たちは走り去っていきました。わたしはドイツ人ですが、石投げられても当然な罪びとです。人は誰でも生まれた時から、罪びとなのです」

「私もですか、マックさん」

「そうですよ。もちろんね」

彼はあっさりとそう言った。私の納得できないという表情をくみ取って、マックはこの話は今日はこれでおしまい、あとはお茶でも飲みましょうと言ったが、私はもう遅いのでまたにしてくださいと教会を辞した。二時間も話し込んだのだ。初対面の、しかも外国人とこんなに話し込むなんて自分でも驚くほどであった。

帰りの道でもマックの言葉が耳に残っていた。「わたしはイエス・キリストと同じ苦しみを受けるために日本に来たのです」「わたしは罪びとです」……。なんでこんなことが言えるのだろう。私には理解できなかった。二千年も前、中東のナザレの住人であるイエスが十字架にかけられたことは知っている。それは日本から数千キロメートルも離れたところで起こったことなのだ。

つい先頃、名古屋のキリスト教系の大学が秋の文化祭でキリスト受難劇を演じたと新聞が報道していたのを思い出した。新聞には受難劇とはイエスが生まれてから有罪判決を受けて十字架刑に処せられるまでのことと書いてあった。私はイエスという人物が自分の住んでいた地域で抑圧されたり搾取されたり病気にかかって苦しんでいる人々に慰めを与えたり、実際に病気を治したりしたという話は知っていた。そのことが評判になり人々がイエスの周りに集まるようになったのだ。次第にイエスの人気が高まることに不安を抱いた為政者《いせいしゃ》たちが共謀して彼を殺したのだ。私のイエスに関する理解はその程度であった。だから十字架上のイエス・キリストに深い意味を感じたことはなかった。だいいちキリストの苦しみを味わうのは勝手だが、それと日本とどういう関連があるのだろうか。

私は罪びとだとマックは言ったが、あのお人よしのマックが罪びとなら私も罪びとだということになってしまうじゃないか。私は頭が混乱してきた。それでしばらくこのことは考えないでおこうと決心し、翌日から今まで通り病院の仕事に没頭することにした。

＊

だが、一カ月後に再びマックを訪ねることになった。心の忘れ物があるような気がしたからである。マックはこの時も「おーリンタロさんよく来てくれました」と両手を差し出し私の手を握った。温かな手であった。黒い背広を着ていたが、袖口が黒光りしていた。よく見ると袖はほつれており、丁寧に繕ったあとが見えた。前と同じようにコーヒーとクッキーが出た。クッキーはマックが焼いたのだと言った。

今回は息子の優のことで相談したかったのだが、そのことを言い出すきっかけが摑めなかった。それどころか彼の顔を見た途端、どんなことでもマックから聞きたい気分になっていた。

「マックさん。日本の歴史と日本の文学を学んだと言われましたね。まだ興味があるのですか、そのことに」

「もちろんです。何故って、マック大学で日本文学を勉強しました。ゆくゆくはマック大学の日本語学科のプロフェッソールになろうと思っていたんですからね」

そう言うとマックは照れたように、にこっと笑った。

「今、しに興味があるのです。しです、リンタロさん。し、わかりますか」

また彼は嬉しそうに、にこっと笑った。私はこの笑いに何かあるなと身構えた。その手には乗らない。だがそうは言っても、まず「死」が思いついた。神父だから当然だろう。日本の僧侶が葬式を取り仕切るように、西洋では神父や牧師が臨終の者や死者に対して神の慰めと天国への安らかな旅立ちを願って祈りを捧げるのだから。

しかしそれでは当たり前すぎる。ほかにはと考えて、「史」に思い当たった。マックは日本の歴史を学んだと言ったはずだ。日本の古代から現代までを学び直そうと思ったに違いない。私だって日本史に興味がある。山で採集した栗やドングリ、畑で耕した野菜や米、粟《あわ》、稗《ひえ》などを食って細々と生きてきたのが日本人であった。大きなものは石であれ、木であれ神が宿ると信じた。それでそれらに白い紙を挟んだ縄を巻き付けて神にし、それを拝むような国民であった。ヨーロッパでは国の支配者が変わる時、権力の奪い合いで何十万人もの死者が出るのが当たり前であるが、三百年近く続いた徳川幕府が潰れ明治維新になった時、何人くらい死んだのだろう。せいぜい数万人ではないか。そのような争いごとを好まない日本人が、なにゆえ太平洋戦争であんなひどいことをアジア各地で行ったのか。私でも知りたいことだが、なぜマックはこんな難しい問題に挑戦したのだろう。

「マックさん、わかりました。日本史の史でしょう」

私はすこし上ずった声を出した。

「残念でしたね。リンタロさん。まあ、ちょっとは関係ありますけど」

とマックは言った。

「ポエジーです。リンタロさんポエジー、『詩』です。ドイツでは有名な詩人にシラーがいますね。ベートーベンの交響曲の『喜びの歌』という詩は彼が作りました。同じ時代にゲーテという詩人もいました。この人『野ばら』といういい詩を作りました。わらべは見たり野中のバラ、という詩です」

そう言ってマックは、

「ザー　アイン　クナーベ　アイン　レースライン　シュテーエン」

と歌い始めた。バリトンであったがよく響く声であった。

「わたしの言った、しはリンタロさん、詩人が書く詩のことです」

「あ、ポエムですね。ドイツ語ではポエジーと言うのですか。知りませんでした」

「そうポエジーが詩。エレジーは悲しみの歌ね」

彼はどこまでも底抜けに愉快だ。そしてマックは明治以降の日本人の詩人の研究を始めたというのだ。まず初めにツチイ・バンスイからと彼は言った。

「わたし、たくさんの本を読みました、ツチイ・バンスイは仙台の教授でした。リンタロさん知っているでしょう。バンスイのこうじょうの月ね。これ有名です。日本人みんな知っています。わたし、宙《そら》で覚えました」

そう言って彼は目をつぶり、ゆっくりと大きな声で『荒城の月』を歌い始めた。

「春高楼の　花の宴　巡る盃影さして　千代の松枝　分け出でし　昔の光いまいずこ」

ひと呼吸おいて、

「秋陣営の　霜の色　鳴きゆく雁の　数みせて　植うる剣に　照り添いし　昔の光今いずこ」

と歌った。本当にマックはこの詩の意味を理解しているのだろうか、それなら驚くべきことだ。私がそう思い始めている時、三連目を歌った。

「今荒城の夜半の月　変わらぬ光誰がためぞ　垣に残るはただ葛　松に謳うは　ただ嵐」

そして両手を前に伸ばし指揮者のようにそれを上下に振りながら最後の四連、

「天井影は変わらねど　栄枯は移る　世の姿　写さんとてか　今もなお　ああ荒城の夜半の月」

を目は閉じたまま朗々と宙で歌った。私は第一連は知っていた。日本人なら誰でも『荒城の月』を知っているだろう。しかし二連、三連となると怪しいものだ。ましてや最後の四連までを覚えている者が果たしてどれだけいるだろう。驚いている私にマックはこう言った。

「リンタロさん。わたしが、ツチイ・バンスイって言ったので驚いたね。ドイ・バンスイだもの。でもね、本当は、ツチイなの。彼この詩で有名になって皆が間違えて、ドイ、ドイって言うもんだから、えい面倒くさい、それならそれでいい、って放っておいたのね。それで、ドイになったの」

と言った。私はふーんと言うだけだった。半信半疑だったのだ。マックはさらに追い打ちをかけてきた。

「それにこの詩はすばらしいけど、日本中に『春高楼の　花の宴』が広まった理由があります。タキ・レンタロ、知っているでしょ。『春のうららの隅田川』で有名な作曲家。この人が『荒城の月』に曲を付けてくれたの。それでいっぺんにこの歌が全国に広まったの」

そうなのか。滝廉太郎がこの詩を日本中に広めてくれたのか。二十三歳で早逝した滝が。余りにも早い彼の死を私は悼んだ。感傷にひたる間も与えずマックは続けた。

「わたしはね、リンタロさん、この詩の中に日本人の死生観があるように思うのね。生きて死んでいく人の心を詠《うた》っているように思う。栄えていたものが滅んでいくも同じね。立派なお殿様と強いサムライがいたお城。春に桜が咲いて殿様とサムライが花を見ながらお酒を飲んだ楽しい時があった。でも時代が変わり霜の降りる寒い頃、戦いに敗れてしまった。地上ではそのようなドラマが繰り返されるけれど、天の神様はそのようなことを全部受け入れているのだとね。『栄枯は移る世の姿』とバンスイは言っていますね」

そこまで聞いて私は、もう参ったとの思いを抱いた。ドイツ人に日本の詩を教えられ、日本人の心情まで解説されてしまったのだ。負うた子に教えられ、ということわざがあるが、まさにその通りであった。

「わたしもう一人ツチイ・バンスイと同じ頃の詩人を勉強しました。リンタロさんももちろん知っている人です。シマザキ・トウソンです。彼の詩もいいですね」

マックは私を背負ってもう一つの浅瀬も渡るつもりなのだ。

「島崎藤村ですね、知っています。学校で習いました。中学の国語の教師が藤村が好きでよく教えてくれました。藤村の『初恋』という詩でしょう」

私は先手必勝で、マックが言う前に答えを示した。少しは日本人の心意気を示そうと思った。

「はつこい？　何ですかそれ？」

あれ違うのか、それでもいいか。自分の知っている詩を教えてやろう。とりあえずは待ち伏せ作戦が成功したのだ。

「はじめての初と、恋、ラブのこと。えーと、ファースト・ラヴ」

「はい、first love ね。ドイツではErste《エルステ》 Liebe《リーベ》と言いますね。リンタロさん覚えていますか、あなたのエルステ・リーベ？」

　またマックはいたずらっ子のように片目をつぶってみせた。

「はい」

と私も少し肩をすくめ、

「藤村の、エルステ・リーベ、その詩はこれです」

と藤村の『初恋』をかすれた声で披露した。

「まだあげ初《そ》めし　前髪の　林檎《りんご》のもとにみえし時　前にさしたる花櫛《はなぐし》の　花ある君と　思いけり、で始まる詩です」と、最後の第四連「林檎畑の樹《こ》の下に　自《おの》ずからなる細道は　誰《た》が踏み初めしかたみぞと　問い給うこそ　恋しけれ」まで全部を詠んで聞かせた。

「はあ、難しいですね、わたしには。字で書いたのを見て、辞書引いたりして、勉強しないと。でもリンタロさんのを聞いていてErste Liebe の雰囲気はわかりました」

　私はマックに褒められて顔が火照るのを感じた。千代を誘って初めて天婦羅で有名な駕籠善に行ったのを思い出したからだ。あの恋が実って、結婚し、子どもが生まれ幸せな家庭ができた。その甘い砂糖菓子が脆《もろ》くも崩れそうになり、何とか持ち直した。子どもを中心に安定した、外目《そとめ》から見れば羨ましく見える家庭になった。だが今の私の心の中にぽっかり空いた虚しさはいったい何なのか。

そんな一瞬の思いを、マックがかき消した。

「わたし、シマザキ・トウソンの千曲川《ちくまがわ》という詩を知りました。旅情の歌というのです。トウソンはバンスイとほとんど同じ歳です。その詩は長いね、バンスイより。覚えられない。でもちょっと言ってみますね」

マックは目をつぶったまま語り始めた。

「小諸なる古城のほとり雲白く遊子《いうし》かなしむ。緑なすはこべは萌《も》えず若草も藉《し》くによしなし、とずっと続くのです。難しいですね。バンスイもトウソンもたった百年しか私たちより古くないのに、彼らの詩はもう古文です。だからわかりにくい」

「日本人でも同じですよ。マックさん。私も中学でこの『千曲川旅情の歌』は習いました。白《しろ》銀《がね》の衾《ふすま》の岡辺　日に溶けて淡雪《あわゆき》流る、とか、千曲川いざよう波の岸近き宿に登りつ。濁り酒にごれる飲みて草枕しばし慰む、なんかは解説書を見ないと理解できないです」

「そうですか。わたしは日本人ならわかるかと思っていました」

「でも……、ああ、まだ自己紹介をしていませんで失礼しました。私は医者です。この近くにある長岡病院という農協の病院に勤めています」

「ああ、知っています。ノーキョーの病院ね。いい病院ですね。そこの患者さんや看護婦さん、わたしの教会にたくさんおいでになっています」

「私たちは医者になるために何年も学校に行かなければなりません。でも、その授業は内科、外科、産婦人科などの専門分野がほとんどです。それに中学生の時は戦争中で工場に働きにいかされましたから勉強する時間はありませんでした」

「それはドイツも同じです。兵隊さんの真似《まね》ごとばかりさせられました」

＊

私は戦時中、映画館で見たニュースの中に枢軸国ドイツのヒトラー・ユーゲントの紹介があったのを思い出した。ヒトラー総統の意向で作られた若者の組織で、ヒトラーを礼賛し、ヒトラーに忠誠を誓う集団であった。凜々しい若者がまるで将校が着るような制服に身を包み右手を真っすぐに前方に伸ばして「ハイル・ヒトラー」と叫んで行進している、武者震いのするニュース映画であった。将来、ドイツを背負って立つ者として優遇されていた彼らは大きなビフテキとジャガイモを腹いっぱいに食べていた。一方の日本は若者が皆兵士として戦地に赴き、田畑は荒れていた。兵士に年齢の届かない学生たちは工場で勤労奉仕をさせられていた。食うものもなく、空きっ腹を抱えながら旋盤を操作し兵器を作っていたのである。私もその学生のひとりだった。あのニュースを見ながら、彼我の差に驚いたものであった。

「リンタロさん。どうかしましたか。コーヒー飲みましょうか」

マックは、ぼーっとしていた私を見て言った。そして台所に行きコーヒーをドリップして持ってきた。

「リンタロさん。わたし藤村の『千曲川旅情の歌』で思いましたね。これは、人生は旅です、人は皆旅人ですということです」

それを聞いて私は愉快になった。

「マックさん。あなたはドイツから日本までずっと旅をしてきたではありませんか」

とからかってやろうと思ったが、やめた。彼の旅は単に物見遊山《ものみゆさん》の旅を指しているのではないと気付いたからである。マックは続けた。

「季節は春です。長野は寒いところです。春でも雪が残ります。でも草がこれから生え、柳も芽を出します。生物が躍動する時期だけどその陰ではいろいろなことが起こっています。千曲川の波がざわざわしていますね。この川を境にして昔、サムライが激しい戦いをしましたね。たくさんのサムライがここで死にました。だからこの川の底を見れば、水が渦を巻いているだけでなく砂までも巻き上がっているのです。サムライが泣いているのです。戦いはまだ続いているのです。三百年経っても、まだ死んだ人の魂はそこに留まっているのでしょう。そしてわたしが感動したのは、この詩には時制が大切に使われていることです。時制、英語でtenseですね。過去、現在、未来です。藤村はこう言ってますね。『昨日またかくてありけり　今日もまたかくてありなん　この命なにをあくせく　明日をのみ思いわずらう』と。この文章難しいです。だから、心を穏やかにして一日一日を大切にそして誠実に生きようと藤村は思ったのでしょうかね、リンタロさん」

私は黙っていた。中学で『千曲川旅情の歌』を習った時、ただ詩文の流れと言葉の美しさに酔いしれていただけだと気付いたからだ。

さらにマックは続けた。

「わたしこの詩読んでいて、旧約聖書の言葉思い出したね。日本人は新約をよく読みますね。でも旧約には新約にないすごい文章があるのです。たとえば『伝道《でんどう》の書』には初めに、『空《くう》の空、伝道者は言う、空の空、すべては空』という文章があるのです。すごいと思いませんか、すべては空しいというのです。もしかしたら藤村は旧約聖書読んだのかもしれない。何故って藤村は長野から東京に出て、明治学院というできたばかりのクリスチャンの学校に入りましたから」

こう言うとマックはコーヒーを飲み干した。

「マックさん、今日お邪魔したのは実は相談したいことがあって」

思い切って私はこう切り出した。

「実は私の息子のことなのですが」

「はい、息子さんですから男の子ね。お名前何といいますか」

「まさる、といいます。優秀の優でまさるというのです」

「オー、スーパー。スペリオールの優ですね」

「はい、その優です。でも、まさると呼ばないで、いつの間にかゆうと呼ぶようになってしまいました。優の友だちも、ゆう君、ゆう君です」

「ゆう君。覚えやすいですね。How are you? のユーですもんね。それでユー君がどうしましたか？」

「最近話をしなくなりまして。特に私にですが、妻にもです」

「いくつですか、ユー君？」

「十五歳です」

「当たり前ですね。その方がまともですね。ユー君」

「それだけでなく、反抗的になりまして」

「当たり前ですね。それも」

「でも、急にです」

「リンタロさん。子どもは急に大きくなります。背も伸びたでしょう?」

「はい、私を超す勢いです」

「子どもは急に身体が成長するように、心も成長します。親から独立したいという思いも急に起こるのです。それが反抗という形で表現されるのです。十五にもなってまだ親にベタベタしていたらその方がアブノルマールですよ。リンタロさん」

「しかし親としてみれば、将来安定した暮らしができるようになってほしいですし」

「それはそうですね。わかります。わたしの国でもそうでした。安定した職業に就いている者は子どもにもそうさせたい。それ人情ですね。医者の子ども医者になる。教授の子ども教授になる。銀行家の子ども銀行家になる。牧師の子ども牧師になる。でもねリンタロさん、医者の子ども医者になる、とわたし言いましたが、医者にさせた、教授にさせた面もあるのです。そこにトラゲディ、悲劇が生まれますね」

「悲劇ですか?」

悲劇などと大袈裟に言われて、何か私たち夫婦が子どもに悪いことをしているかのように取られて納得がいかなかった。私たちは大事に育ててきたのに。

「そう悲劇。子どもがまだ小さい時から、君もお父さんのようになったらどうかとか、なりなさい、と親が言っていることがあるでしょう。その方が将来いいことがいっぱいあるよって伝えているでしょう。あまりきつく言っていない。だから親はそのことを覚えてはいない。ですからリンタロさんは意識していなかったかもしれないけど、無意識のうちに言ったのかもしれませんね。言った方は覚えていない、でも、言われた方は覚えている。逆に、子どもの方が親を喜ばせようと思って、『パパ、ぼく大きくなったらパパのような教授になる』と言うこともあります。

ドイツでは教授、プロフェッソールはすごいですね、皆尊敬しますね。誰でも憧れますね、自分もなりたいと思いますね。そして、子どもの能力と将来の希望が一致すれば、すばらしい力を発揮することがあります。黙っていても自分から勉強し成績はぐんぐん上がり、お医者さんの学校に合格することがあります。親に迎合、コンプロマイズですね、コンプロマイズしての発言であれば、子どもさん辛いですね。それに向かって勉強しなければなりませんね。でも本人は本当は違う職業がいい、違う学校に行きたい。それでストレスが子どもさんにかかります。ストレス、リンタロさん知ってますよね。今お医者さんの世界でもストレス、ストレッサーはいろいろな病気の原因で話題になっているでしょう」

「ええ、最近日本でも関心が高まっています」

私は自信がないので曖昧《あいまい》な返事をした。

「わたしは十年も前にストレスという言葉を知りました。十年前カナダのモントリオールの修道院から司祭が長岡に来て一カ月滞在しました。その時彼が教えてくれたのです。モントリオール研究所のハンス・セリエというプロフェッソールがストレスについて発表しました。これで医学のカクメイが起こっていると司祭が言いました。いろいろな病気の原因にストレスが関係しているのだそうです。このことを知っておけば心の病を持っている信徒に心の安らぎを与えることができるので、修道院学校でも皆学んでいるそうです」

ハンス・セリエの名前は私も知っていた。人は身体に有害な刺激が加わるとそれに対応するような変化が生じるという理論を打ち立てた教授である。身体的有害刺激はけがや発熱や重い病気などであるが、そのほか環境からの刺激、たとえば寒さや暑さ、大気の汚染などもある。最近重視されているのは心理的刺激、たとえば家庭や職場でのいざこざなどが有害な刺激である。そのようなもろもろのことをセリエはストレスあるいはストレッサーと呼んだ。このストレスに晒されると、人はそれに身体を合わせようと身体的変化で調整する。たとえば争いごというストレスには血圧を上げることや、心臓の拍動を増やすことで順応しようとする。だが血圧を高いまま、心拍数を多いままにしておけば、身体は衰弱してしまう。確かフランスの神学校では精神医学が必須科目になっていることは聞いたことがあるが、目の前にいるマック神父がこのようなことまで知っているのだ。

「私そのものが優にとってのストレッサーなんでしょうか」

「はい、そうかもしれません」

マックはあっさりとそう言った。だがすぐに付け加えた。

「でもそれは弱いし、一時的なものです。だいいちリンタロさんと優君の間には長年の信頼関係がありますから」

「一番難しい年頃ですね。どうしたらいいのでしょう」

「優君には優君の生き方があります。もう子どもではないのですから自分のやりたいことをさせてあげればいいのです。そして社会的に許されないことだけはさせないようにする。これは親の責任ですから、それを見守ってあげればいいのではないですか。お話を聞く限り優君はそんな子ではないですね」

「なるほど。気付かなかったことを教えていただきました。私ども夫婦は一生懸命子どもを育ててきたと思ったのですが。親って悲しいものですね。マックさん」

「悲しいですか。子どもはリンタロさん夫婦の子どもであるけど、二人の持ち物ではありませんね。神から与えられたものです。神様からの賜り物です。生まれた時から独立した人格と尊厳を持っています。リンタロさん、哲学者でカントという人がいました。この人、有名な人です」

いきなり話題が変わった。あのカントだ。

「知っていますよ。イマヌエル・カントでしょう。十八世紀の人。『純粋理性批判』を書いた」

私は数ヵ月前に買って、二、三十ページ読んだまま書棚に置いてある本の名前を言った。

「そうです。すごいですね、カントまで読んでいる」

マックは感激したのか両手を差し伸べ、私の手を強く握ってそう叫んだ。しまった。言いすぎた。先手を打たなければ、カントのことを聞かれると恥をかくことになる。

「いいえ。名前を知っているだけです。まだ本は読んでいません」

「あれは難しいです。わたしたち学校で読みました。半分しかわかりませんでした。でもね、リンタロさん。カントはいいことを言っています。人権、ヒューマン・ライツですね、ドイツ語ではメンヒェン・レヒテと言いますが、この人権は生まれた時からその人にあるのだとカントは言いました。おぎゃーと生まれた時に、無条件に与えられたというのです。王様や皇帝が与えたものではない、生まれた時からその人に付いているものだとね。だからこれは自然に備わった権利だと言いましたね」

「そんな昔から言われているのですか。日本では戦後の新憲法で初めて人権のことが言われたのです」

「そうですよね。日本のその新しい憲法の人権のところに、人には職業選択の自由がある、どこに住もうが自由に住む権利があるなどとも書かれていますね」

「読んだんですか。日本の新憲法を？」

「読みましたよ。何故って、日本は戦争に負けて生まれ変わりましたね。そして新しい憲法を作りました。そのこと知らなければマック仕事できません。それで新潟大学の法学部の聴講生になりました。聴講生ですから、週に一日行けばいい。それで一年かけて法学部の授業を聞きました。そこで新憲法を勉強しました。若い学生さんと一緒で楽しかったです」

＊

私は千代に長岡カトリック教会に行き、マクシミリアンという名前の神父に会ったことを話した。その教会に行ったのは、特に理由があるわけでなく、たまたま職場から家に帰る道筋にあったからで、入ってみて、人なつこい面持ちの外人が対応してくれて、しかも日本語が流暢だったのでついつい話し込んでしまったのだと言った。

「私も知っています。その教会のことは」

別に驚くこともなく千代は言った。

「ドイツ人だそうですね、その神父さん。ＰＴＡでも名前が出ます。優しくてお話し好きで、そして欲のない人で物を持っていっても受け取らないんだそうです。着ている服もボロボロで、見るに見かねた近所の方が服をプレゼントしようと寸法を聞きにいったら断られたんですって。『わたしほかにもう一着持っています。日本の着物です。身体ひとつだからこれ一着でいいのに贅沢ですね。これ以上贅沢したら神様に怒られます』。そしてそのあとで、『あなたのご親切ありがとうございます。そのご親切がわたしへの最高のプレゼントです』。そう言われたそうよ。ご近所の方はすっかり感激してその教会に通うようになったの。しばらくして洗礼を受けて今では教会の奉仕会のメンバーになっているそうよ」

「ふーん。確かに彼、自分ではマックと言っていたけど、マックは人を惹き付ける何かがあるね。実は優のことで相談したくて寄ってみたんだ」

そして彼からのアドヴァイスを千代に告げた。千代はマックの言ったことを肯定も否定もせずに聞いていた。そして言った。

「あなたは自分で言った言葉がきつい言い方だとは思っていないでしょう。何故ってあなたは気持ちの優しい人だからです。人一倍他人のことに気を使います。患者さんにもそうしています。少しむきになって患者さんやその家族に強い言い方をすることもありますが、それで患者さんや家族が怒ったりしません。患者さんは、自分のことを本当に心配してくれているからだと納得するからです。あなたは常に正しいのです。私はあなたの言葉が随分きつく感じることがありました。私はおとなですから聞き流すことも、あなたの言葉を薄めて聞くずるさも身に付けています。でも優はそのような芸当ができなかったのではないでしょうか。

以前優が『パパは何を言っても聞いてくれないからな』と言ったことがありました。私は、はっとして『優ちゃん、お父さんにちゃんと話してごらんなさい、理由がはっきりしていれば聞いてくれるわ』と言ったのですが、『ううん駄目だ。パパはいつも正しいから』と言いました。

あの子が勉強もしないで音楽に夢中になっていて、楽器が欲しかった時期のことでした。あなたが『そんなもの今の君にはいらん』と言ったのを私も覚えています。言外に、そんな音楽遊びをするより勉強しろと言いたかったのでしょう。もしかしたら優はこの家での生きにくさを感じていたのではないでしょうか」

私は返事に窮した。マックの話を思い出していた。私が優にとってのストレッサーだったのであろうか。

十二章　祈る母

優は希望通りW大学文学部に合格した。何ごとも引っ込み思案な千代は、私に一緒に東京に行って優の入学を祝ってほしいと言ったが、その余裕はなかった。私自身、外科部長のまま副院長職を拝命していたからである。管理的な仕事が一気に増え、それに慣れていない私は東京どころではなかった。やむなく千代は優と二人で上京することになった。東京で一人暮らしをする息子のことが心配だったからである。

千代が興奮した声で電話してきた。

「今、大学近くのホテルを取って優と二人で東京見物をしています。上野公園の桜も満開、省線沿線の桜並木も満開、どこに行っても桜だらけよ」

このあと数日千代は東京にいたのだが、そのあいだ、主目的である入学式に出席したあと、学生課厚生係に行き、そこの紹介で大学に近いアパートを決めた。

入学式のすぐあとでオリエンテーションがあり、学生生活担当の助教授が事細かに新入生、特に一人暮らしを始める新入生が注意すべき事柄を解説してくれたとのことであった。その中でも、基本的な生活リズムを先ず確立しておく重要性を強調したという。とにかく授業は最初から出ること。顔だけでも教室に出すこと。これを怠ると、授業の方向性を失い、ついていけなくなり、サボり始め、ついには単位を落とすようになること、などだそうであった。

次の問題は毎日の食事だそうである。三食きちんと摂り、腹八分目にすると確かに眠くはなるが、身体にエネルギーがなければ学ぼうとする気力が湧かない。頭を使うにはエネルギーが必要であって、何も運動の時だけではない、授業中に眠くなったら寝たらいい、メシをちゃんと食っていれば目が覚めた時に「よし勉強するか」という気にさせるエネルギーが身体に張っている、授業に出ないより教室で寝ている方がマシだ、と助教授は授業担当者が聞いたら目を剝《む》くようなことをユーモアたっぷりに学生に語りかけた。

そして最近社会でも問題になっている大学入学後の「五月病《ごがつびょう》」にも助教授は言及した。辛い受験生活からやっと解放された新入生はその反動からポン煎餅のように弾けてしまい、昼はパチンコ、夜はマージャンに現《うつつ》を抜かしているうちに、うつ病になってしまうのだと言ったのだ。

千代はおおよそこのようなことを電話口で私にまくし立て、

「優が五月病とかにならないように十分な予防策は取りました。まだいくつか心配なところはありますけど、あなたのことも心配なので、明日とあさってで自炊に必要な品物を揃え、二つ三つ料理を作ってみせてからそちらに帰ります」

で締め括った。

*

久しぶりに千代が長岡に帰ってきた。

しかし、それからというもの、夕方二人だけで食事をするたびに優はどうしているかしら、学校は休まずに行っているかしら、食事はちゃんと食べているかしら、と言いはじめた。

「君、小学生をひとり置いてきたわけではないよ。いい加減にしないか。乳離れしない子も大変だが、子離れしない親にも困ったものだ」

私が注意をすると、

「子離れしていないわけではありません。でも、いつもそこに、あなたの横でご飯を食べていたそこがぽかっと抜けていて、ああこれが私たちの家庭なのと思ってしまうんです。あなた気にならないんですか、優のこと」

と言った。

「それは気になる。今日も患者を診察していて、五十半ばの女性が入ってきた。お腹が痛いと。まだ若いのに腰を曲げてね。ベッドに寝てもらってお腹を触ったら胃のあたりが硬くなっている。もう二カ月も前からだと言うんだ。眼瞼結膜《がんけんけつまく》は白い、貧血が進行している。胃癌《がん》だと直ぐわかった。とにかく入院して検査が必要な状態なんだ。そう言ったけれど返事をためらっているんだ」

「なぜです。ご本人も辛いんでしょう。腰を曲げなければならないなんて、よほど痛いに決まっているわ」

「その通りだ。それで、早く病気を見つけて治療しようと言ったのに、患者はこう答えたのだ。入院や手術でいくらかかるか。夫を早くに交通事故で亡くして現在自分は独り暮らしだ。一人息子は東京に出稼ぎに行っているからその意見を聞かなければならない。今の自分にはとても経済的余裕がないとね」

千代はうつむいて聞くだけだった。

「『息子さんお幾つ？　すぐ連絡つくのかね』と僕が尋ねたら、こう言ったんだ。『二十八になります。しばらくうちに帰っていません。それで病院に来るのも遅れてしまいました。でも昨日からあまりにお腹が痛むので我慢できずに参りました』とね。健康保険があるから心配ないですよ。それに治療費が一定の額を超えれば、その分はお上《かみ》が払ってくれるから。詳しくは事務の者に説明させますよ、と安心させたけど、あとで聞いたらその患者は事務室に寄らずに帰っていったそうだ。その時ふっとその患者の息子と優が重なってね」
「優は心配ありません。夕食の献立を電話で聞くから教えて、と言う子ですから」
「そんなレベルの話じゃないんだ。そりゃ優も初めての一人暮らしで、のんびりできると手足を伸ばして自由を楽しんでいると思うよ。二十歳にもなればそれは自然の感情だし成長でもあるだろう。

僕が言いたいのはそれとは違う若者の信条のことだ。他人に支配されない自由な存在でいたい、つまり一個の人間として他人から支配されたくない、独立したいとの信条のことなのだ。その信条が早くからそして極めて強固な者もいるし、弱い者もいる。ついぞそれを持ち得ずに終わってしまう者もいる。それぞれ自分のことを振り返ってみるといい。僕は家の事情もあって、早くから親元を離れざるを得なかった。学校を出たあと大阪の会社で働いた。社長をはじめ上役は皆親切だった。しかし自由などは指の先ほども感じなかった。僕は自分自身を丁稚小僧《でっちこぞう》だとその時は思っていて、言われるままに真面目に働いた。だけど心の中では、自由が欲しい、自由が欲しいと叫んでいたと思う。それは手足を伸ばしてもっと寝ていたい自由であったり、おいしいものを腹いっぱい食べたい欲望であったりと、とても高尚と言えるものではなかった。

でも、太平洋戦争の終わりも終わり、日本は無茶苦茶に叩かれて潰れかかっている時期にそれこそ赤紙一枚で兵隊に取られた。殴られたり蹴られたりの三週間のあと、敗戦そして除隊になって実家に向かって幽霊のように歩いている時、僕は自由の有難みをしみじみ感じたように思う。この自由は死んでも放さないと思ったね。そして苦労して医者の道に進んだのも自分が手にした自由と独立を保持したいがためだったと後にして気が付いたんだ。

君だってそうではないのか。いろいろあって、家を出て飯田病院で働いていた君はそこで初めて自由の有難みを知ったのではないの。やっと独立できた、その喜びを味わっていたのではないのか。だからあの時の君の顔は輝いていた。僕には眩しいくらいにね。

優だって同じように自由と独立を求めて私たちから飛び出していくのだと思う、早かれ遅かれね。私たちは今からその覚悟を持っていないとだめだと思うね」

千代は黙ったままだった。思い出したくもない昔の嫌な出来事を聞かされたからなのかもしれなかった。

優は帰省することが少なくなった。それでも両親に心配させまいと思うのか電話はよこした。社会活動部に入ったと千代に言った。何をするクラブなの、と千代が尋ねると、いろいろ奉仕活動をするんだ、それを僕らはボランティア活動と言っているけど。幾つかのプロジェクトがあって今僕がやっているのは障害者の支援活動だ。具体的には車椅子の障害者を公園や遊園地に連れていって皆と触れ合ったり、乗り物を楽しんでもらっているとのことであった。久しぶりの電話だったので千代はもっと優の声を聞きたいと思い、お金は足りているのと優の財布の心配をしたが、だいじょうぶ、実は学生課からの紹介でアルバイトをしている、駅構内の本屋で週二日夕方の三時間だけ。心配しないで、真面目なバイトだからと言って電話を切ったのであった。料理のレシピを聞いてくるかと思っていたので拍子抜けした千代であったが、

「あの子、明るい声だったわ。いきいきとしていた。きっとこうしてあの子も自立していくのね」

と言った。

十三章　出家

優はW大学を卒業した。学年担当の教授がこのまま大学に残って哲学研究を続けたらと勧めたところをみると、ボランティア活動もアルバイトも上手に時間配分をして楽しみ、学生の本分を全うしたのだと私は嬉しくなった。卒業式にも千代だけが出席した。

東京にそのまま残った優は、しばらく外国を見てきたいと電話してきた。お金はどうするのという母親のうろたえた電話に、アルバイトで貯めた、リュックサックを背負ってYMCAのホステルに泊まりながら行くから安上がりだし心配しないでと明るい声で答えた。

最近、大学卒業前にグループ旅行が流行り始めていた。もちろん卒業式の前に戻ってくるのだが、優だけは卒業後に出掛けることにしたのだ。日本ではどこの企業も年度替わりの四月初旬に入社式が行われる。だから優は初めからそのような既定路線に乗る気はなかったのだ。

この電話のあと優からの連絡が途絶えた。こちらからかけてもつながらなかった。入学時にアパートに引いた優専用の電話なのに、「現在使われていません」の自動アナウンスが繰り返されるだけであった。千代はうろたえた。私たち夫婦の日常は崩れた。私は毎朝決まった時刻に食事を摂り、決まった時刻に出勤し、帰りの時刻はその日の忙しさに応じて異なるのだが、おおむね午後七時前後に夕食を摂っていた。

だがその日常を放り出して千代は東京に出掛けていった。千代にこんなエネルギーがあったのかと私は驚いたが、あの吊り上がった目を見ればそうさせるしかなかった。

数日後に千代から電話が来た。

「あなた、私、今ホテルにいます。どうしていますか。お食事はどうしていますか。不自由をさせて済みません。東京に着いてすぐ優のアパートに行きました。管理人さんと話をしました。優は四月二十日にアパートを引き払ったそうです。管理人さんが、仕事はどこに決まったのか尋ねたら、外資系の会社だと言ったそうです。息子さんさすがにすごいですね、いいところに就職なさって、と言われたわ。面倒くさいから優は適当に言ったのね、きっと。私は、そんなことありません、どこにいるかわからないのでこうして訪ねてきたのですとも言えないでしょう。それで適当にお茶を濁して、その足で大学に行きました。学生課の窓口で、そこでも行方不明とは言えませんから、息子は今、半年かけて外国旅行をしていますと言ったの。そうしたら、『え？ もう外国ですか、仕事でですか？』って聞かれたわ。私どう答えたらいいかわからなくなって」

「そうだね。病院の窓口業務と違って難問だよな。君も疲れただろう」

「ええ。でも覚悟を決めて、急いで連絡したいことができたのですが、どこをどう回っているのか私ども夫婦では摑みようがないのです。息子は大学では社会活動部でボランティア活動をしていて、そのクラブに親しい友人が何人かいました。その方たちの電話番号を教えてください。息子が電話などで連絡し合っていると思いますからと、捨て身で頼んでみたのです。そうしたら私の剣幕に動かされたのか、保存してある社会活動部活動報告書を取り出してきて優の同級生の山本さんとおっしゃる方など三名の電話番号を教えてくれました」

私は千代によくそんな行動が取れたものだと感心した。捨て身でやったと言ったけど。いつもは私の陰でひっそりと咲いていた芙蓉の花のようだったのに。

*

私がまだ子どもの頃、生まれて一ヵ月にもならない子猫が何のはずみか一室に閉じ込められたことがあった。ミャーミャーと鳴いていたのだが母猫がその声を聞き付けて、薄板でできたドアを食い破って子猫を助け出したのだ。千代はそんな母猫なのであろうか。

ホテルに戻った千代は、早速学生課から教えられた電話番号の主に電話をかけた。三人のうち山本さんしかつながらなかった。千代は本当のことを話し、親として心配している気持ちを伝えた。山本さんはこう言った。

「実は私も心配しているのです。四月中旬に木津君から私に電話がかかってきました。いろいろ考えたけど自分は組織の中で生きる人間ではない、だから本当の自分探しにちょっと見聞を広めてこようと思う。まず生と死が、聖と俗が渾然一体になっているインドを手始めに金の続く限り世界を見てこようと思う。帰ってきたら連絡するから会おうぜ。それまでに飼いならされた猫みたいになって、『あなた様はどなたですか、木津様？　そんなお名前は存じ上げませんなんて言うなよ』と言って、木津君は電話を切ったのです。お母さん、私も正直彼のことを案じています。でもそんなに心配はしていません。お母さんもご存じでしょうけど、木津君はすごく慎重な人間です。一回りも二回りも大きくなって帰ってきますよ」

そう言って慰められたのであった。

これ以上東京に残っていても意味はないと千代は長岡に帰ってきた。

優の友人は請け合ってくれたが、千代は沈んだままだった。食事も喉を通らず目立って体重が減った。東京から戻って一ヵ月経った頃、千代宛てにはがきが届いた。優からであった。

お母さん。今印度にいます。インドといっても広すぎてわからないでしょう。今いるところはインドの西側のボンベイという大都会です。人種のるつぼです。十七世紀にイギリスの東インド会社がここにできてから発展した街です。大金持ちもいますがそれはごく一部で大多数は日本では見たこともない貧しい人たちです。とにかく汚い、臭い。道端で物乞いする人、芸をする人、荷車に鈴なりになって移動する人、荷車で運ばれる死体、いろいろです。ああ、ここに本当の人間の生活があると思いました。一日五十円で生活ができるのでもうしばらくインドにいます。危ないところには行きませんのでご心配なく。お父さんによろしく。

優

小さな字でびっしり書いてあった。五月二十日の消印があった。成田を発ってどこをどう訪ねたのかわからないが、一カ月でインドに行ったのだ。お母さん、で始まっている手紙に私は軽い嫉妬を覚えた。

千代は息子がとにかく無事でいることを素直に喜んだが、すぐ心配に変わった。汚い、臭い、道端の死体、にショックを受けたのだ。今にも優が感染症で死んでしまうのではないかと心配したのだ。わずか五十円で一日を賄《まかな》っているのも気になった。直ぐにでもお金を送ってやりたいがその術《すべ》がない。

思い余って千代は山本さんにまた電話をかけた。彼が郷里の名古屋に戻り銀行に勤めているように言ったのを思い出したからであった。何回かのコールのあと、つながった。彼は前回と同じようにソフトなものの言い方でこう言った。

「日本からインドの銀行への送金はそんなに厄介なことではありません。よくやっています。しかし個人への送金となれば簡単にはいきません。本人がインドの銀行の口座を持っているとが必要ですから。それがなければ送金しようがないのです。僕は木津君がインドの銀行口座を持っているとは到底思えません。そう思われませんか、お母様は。木津君を信じてやってくださいい。彼は無鉄砲なところがありますが、慎重なタイプです。無事に帰ってきますよ。いつになるかは保証はできませんが」

千代は送金を諦めざるを得なかった。

三カ月ほどして、今度は分厚い手紙が届いた。優からであった。

お父さんお母さん。本当に長い間私を育ててくれてありがとうございました。すこし長い手紙になりますが、がまんして最後まで読んでください。インドに三カ月ほど滞在しましたが、そのあいだ考えに考え、悩みに悩んだ末、これを書いているのです。でも勘違いしないでください。ここでお父さんお母さんと住む世界を別にしようということではないのですから。

大学生活をひとりで送ることになったのは四年前ですが、その頃から僕は自分の生きてきた道を振り返ってみていたのです。僕はお父さんお母さんだけでなくみんなから大事にされてきたように思います。僕は生まれた時からそうされてきたので、それが当たり前だと思っていました。でもお父さんが医者であることは随分大きかったと思います。お父さんが昔兵隊さんだったことは僕が小さい時に知りました。お父さんが僕にそう言ったのか、誰かが僕に教えてくれたかは覚えていません。兵隊さんはどんなに苦しくても辛くても頑張らなければならない存在だと思います。その、もと兵隊のお父さんが医者になったのですから仕事も頑張ったのですね。

お父さんは病院から帰ってきて一休みして、夕食を一緒に食べて、しばらくして書斎に行き勉強をしていました。お父さんは患者さんを治そうとしてあんなに勉強をしているのだと尊敬しました。だから小学三年生の頃、学校で「しょうらいの夢」という題で作文を書かされた時も、「ボクの夢はお医者さんになることです」で書き始めたことを今でも鮮明に覚えています。「パパは病院から帰ってきて、ああつかれたと言います。そしてボクとパパとママの三人で夕ごはんをたべます。そのあとパパはおへやに行き勉強をします。ボクはあそんでほしいけどがまんします。パパ患者さんなおしてね。ボクもパパのようなお医者さんになって患者さんをなおしたいです。パパ元気でね」。僕はこの作文を今でも一字一句正確に覚えています。先生の花丸があって「よくかけました。優君お父さんに遊んでもらいたいけどがまんしてえらいね。優君も勉強してお父さんのようなお医者さんになってね」のコメントが付いていていたのも覚えています。

僕は本が好きでした。おそらく学校で一番本を読んだと思います。図書室の本はあらかた読んでしまいました。お母さんは僕が読みたいといった本は必ず買ってくれましたね。野口英世やジェンナー、パスツール、ナイチンゲールの伝記も読みました。コロンブスやアムンゼン、間宮林蔵などの探検家の伝記も読みました。リンカーンやナポレオンなどの政治家の伝記も読みました。僕の空想の世界は次々と広がっていきました。アルフレッド・ノーベルの伝記も読みました。

一番うれしかったのは、六年生になった時『ファーブル昆虫記』を買ってもらったことです。大きな箱に十冊も入っていたのは驚きでした。この本を読んで、僕も庭で実験をしたのをお母さんは覚えていますか。遠くにいる蜂が本当に生きている虫を襲うのか、粘土で虫そっくりに作った虫を襲うのか実験しようとしたけど、お母さんがもし蜂の大群が来て僕やお母さんが刺されたら大変だと反対され、実現しなかったことです。

でも小学校だけでなく中学でもたくさんの本を読んだことで僕の頭の中には世の中にはい

ろんな職業があることを知りました。確かに中学校の時はテニスに熱中していましたが、決して運動だけをしていたのではありません。けっこう本も読んでいました。『アラスカ物語』や『兎の眼』はお母さんに頼んで買ってもらった本です。覚えていますか。灰谷健次郎の『兎の眼』は何回も読みました。涙が出るのが恥ずかしいので、布団に入ってスタンドをつけ夜中まで読みました。布団の中でも泣きながら読みました。

お父さんのような感謝される仕事も魅力的だと思うこともありました。でも高校入試には失敗して第一志望の長岡高校には入れませんでした。僕が勉強しないで遊び回っていたつけが回ってきたのです。お父さんががっかりした姿を見るのは僕もつらかったです。身から出たさびでみんな僕が悪いんですけど、僕もきまりが悪いと思いながら大手高校に通学していたのです。それで高校時代、僕は悩みっぱなしだったのです。僕を育ててくれた、それも勝手気ままに生きてきて迷惑をかけたのにやさしく見守ってくれた両親を裏切るのではないかと思ったのです。でも大手高校では僕はスポーツとは縁を切って勉強はしました。ただ受験勉強はしませんでした。本は読みました。図書室の司書さんが、木津君のような学生さんがもっとここに来てくれると私たちも張り合いがあるのだけれど、とほめてくれたほどです。

文芸部の顧問《こもん》の芦田先生ともよく話をしました。この先生は部室によく来てくれたのです。年がぼくらと近いこともあって話しやすかったのと、何と言っても大学で哲学を学んだこともあり、社会科の教師になったあとも、哲学学会に入っていたそうで細々とではあっても哲学を勉強していたらしく、よく人を煙に巻くような話をしてくれました。

ある時、部室で読書会をしていたら、芦田先生が入ってきて、君たち自分とは何だ、自己とは何だかわかるかと聞いてきました。皆苦し紛れに、「自分は自分です」などと答えていましたが、自己、自己と主張するから世の中がおかしくなる、自己は非自己なのだと芦田先生は言われたのです。ぽかんとしている僕たちに、君たち教会に行ったことあるかい、キリスト教会のことだ。最近キリスト教会流行っているよな、信者でなくても行ってみるのは何となく格好いいような雰囲気になっているけど。どうだい行ったことある人？　一回でも行ったことのある人？　そう先生が尋ねたら、半数の学生が手を挙げました。僕もそのひとりです。ほう、こんなにいるのか、と先生は驚いて、キリスト教と仏教の根本的に違うところはどこだと思う、と僕たちにまた質問してきたのです。僕はそんなこと考えたことがなかったのでびっくりしました。

みんなが黙っていると、芦田先生は、まあ端的に言えば、キリスト教は今はつらい苦しい社会に住んでいるが、イエス・キリストを信じることで神の力によって楽になるのだ、というのがキリスト教。それに対して仏教は、今の世は苦痛ばかりで無常である。この無常の社会に我々は生きている。しかも生老病死と言って人は生まれ、年を取りあるいは病気になり、やがて死んでいくことも知っている。それは何千年も前から延々と続いてきた事実だ。頭では人は死すべきものであることを知っているがゆえに、生きたいという心の中の自分とぶつかり合って我々は苦しむのだ。まあ大まかに言うとキリスト教と仏教の違いはそんなものだな。芦田先生は煙に巻いたような説明をしたのです。

それで僕が、仏教徒は苦しむだけでそこからの救いはないんですか？と質問したのです。そうしたら、そこだね、そこでだね、じっくり座って自分を深く見つめるしかないのだろうね。やがて自分が無であることに気付くのだ。無は、今では専ら「ない」という意味で使われているが、そんな単純なものではないんだ。お釈迦さんが亡くなって五、六百年した頃、ある坊さんが人間には身体があるがその中身はいったい何なのかと考えた。まあバレーボールのボールを考えてみたらいい。このボールは丸い形をしているし、床に強く落とせば跳ね返ってくる。だから丸い形があることは誰でもわかる。しかしボールの中はどうだ？　何もないではないか。空っぽだ。この空のことを無とも言うんだ。空であっても無であってもその存在はあくまでも相対的なものであることを見落としてはならないと思うよ。まあキリスト教の方が、単純明快だな。そう言いながら芦田先生は帰っていきました。

僕は、人間はおぎゃーと生まれてから死ぬまでがその存在なのだと思います。生まれる前のこと、つまり前世や死後の世界のことをあらゆる宗教は説いていますが、今生きている人間のことを第一に考えるべきです。僕は僕らしく生きてみたいのです。自分のためだけに生きるのもいいし、他人のために生きるのもいい、今はそう考えています。そう考えながら一生を終わりたいのです。だから地位や名声や名誉も僕には何の意味もありません。おかねも財産も関係ありません。貧乏とか貧困などの概念を超えた僕の人生を歩いていきたいのです。少なくとも人に迷惑をかけることはないでしょう。それだけはお父さん、お母さんから教えられた今の僕にとっては一番大切な財産です。インドにもうしばらく滞在し、インドで生まれた仏教がインドで発展せず、その前からあるヒンドゥー教やジャイナ教に潰されてしまったのは何故かも知りたいと思っているのです。

ここにはボンベイ大学というイギリスが作った大学のようですが、恐ろしく大きな大学があります。最近ではインド発展のための商学部や法学部が巾を利かせていますが、マハトマ・ガンジー平和センターという研究所もあるのでそこを訪ねたいと思っています。

そう言えば僕はガンジーの伝記も読みました。これもお母さんが買ってくれたのでしたね。ガンジーはイギリスで勉強して弁護士になり、インドに帰った人です。インド人が自分の国に暮らしているのにイギリス人に奴隷のように使われていて選挙権も持っていないのに気付き、独立運動を指導した人です。ガンジーは武器を持たず非暴力でイギリスに勝ったのです。

ボンベイの街でお茶を飲んでいて、紳士と思われる人に話しかけるのも面白いです。でもインド人の英語は巻き舌でよくわかりません。僕の英語もいい加減なので偉そうなことは言えないのですが。

インドのあとトルコのイスタンブールに行き、そこからギリシャを経てヨーロッパに入る予定です。皿洗いでも、掃除夫でも何でもいい、アルバイトをしながら食いつなぎながらの旅になります。とにかく興味津々《しんしん》、未知の世界にわくわくしています。でもいよいよ駄目になったら日本に戻れるように帰りの飛行機代だけは肌身離さず持っていますからご安心ください。

優より

一九八四年七月二十五日

千代はこの長い手紙を何回も読んだ。夕食後も読み、就寝前にも読んだ。黙って読み、また封筒に戻したが、内容に関して私に話すことはなかった。私の方から、

「優はそのうち短期間でも腰を落ち着ける場所を見つけるのではないか。そうすれば住所を教えてくると思うよ」

と言ったところ、

「そうね、そうだといいわね。そうしたらこちらから手紙を書けるし、何か送ってあげることもできるわね」

と久しぶりに笑顔を見せた。

十四章　胸のしこり

六十五歳で定年を迎えた私は引き続きこの病院に新設された附属診療所の所長として勤務することになった。

ここ数年、この病院を初めて受診する患者、いわゆる新患の数が増え、それを処理し切れずに外来診療に混乱が生じ始めていた。新患が多いことはそれだけその病院のレベルが高いことを意味するから喜ばしいのだが、すでに診療方針が決定したあとも引き続き定期的に通院してくる患者もいるので外来診察の現場は混雑するのだ。その対策として病院の隣接地に附属診療所を新築したのである。

新しくできた診療所の所長を誰にするかで病院長を長とする人事委員会が開催された。私も委員のひとりとして会議に加わったが、委員のうち医師であるほかの二人は沈黙したままだった。彼らはまだ定年まで間があり本務を全うしたかったからであろう。充て職で委員になっている事務長は医師の人事には口を挟まないのが慣例になっていた。誰も意見を出さないことを見極めて病院長が発言した。

「私は木津先生が適任だと思うのですが。先生は外科が専門ですが内科にも精神科にも造詣が深いことは当院で知らない人はいません。当院に絶大の信頼を寄せて通ってきてくださる、まあファンのような患者さんが増えていることはそれだけ当院が信頼されている証拠であり、病院経営上も有難いことです。しかし中にはいろいろな病気を持った患者さんがおられて、それは病気ですから仕方がないことなのですが、そんなに数は多くありませんが診療上の行き違いからトラブルになるケースもあります。そのような患者を上手に捌いてくれる人は先生を措《お》いてほかにいないのではありませんか。私は木津先生になっていただきたいと思いますが」

異議を唱える者は誰もいなかった。

＊

附属診療所の仕事は私に合っていた。病院長が私に診療所長を初めから念頭に置いて診療所を設置したかのように、確かにいろいろな患者が診療所に回されてきた。たくさんの病気を持っていることを勲章のように思っている患者もいた。頭痛、高血圧、腰痛、不眠、尿が出にくくなった、尿が漏れるようになった、目が見えにくくなった、手が震えるなどまるで病気のデパートのような患者もいた。

このような患者の訴えを辛抱強く聞き、交通整理をし、現在、一番患者を苦しめている症状を探し出す。そうして先ずそれから先に解決することを提案する。

次に大切なことは、ほかの症状も決して無視していない、しかし先ずあなたが一番困っていることを優先にするのだと伝えておくことなのである。患者はそれだけで安心する。この先生は自分を大事にしてくれていると思うからである。最初のひとつが片付くとほかの症状が消えてしまうことがあるし、消えないまでもうんと軽くなることは私の本院での経験でわかっていた。

だから私はこの方式で患者を診ることに徹底した。その結果、附属診療所のみの診療で満足する患者が増えた。それだけ本院の各科の先生は自分の本業に集中できるようになったのだ。

＊

附属診療所長に就任し二年経った頃から千代は身体の調子が良くないと言い、家に引き籠るようになった。これまで友人との集まりを大事にして、すこしくらい体調が悪くても出掛けていき、本人の言う「エネルギーの交換」をして戻ってくる千代だったのが、やはり優のことで精神的に参っているのだろうと私は思った。

だが体重が減少し始め、それにつれて疲れがひどくなっていったので私は内科の今西部長に相談した。それなら先ず内科でと彼が言ったので私が連れていき、今西部長に引き合わせた。彼は千代のやつれているのに驚いたようであった。

この病院は農業協同組合立なので毎年秋に盛大な収穫祭を開催した。農協組合員やその家族が多数参加するが一般市民にも公開していた。地方巡業の芝居がかかったり、素人《しろうと》のど自慢があったり、福引があったり、収穫作物の廉価《れんか》販売も行われ長岡市の名物イヴェントになっていた。

二年前の収穫祭の時、無料医療相談コーナー責任者の今西部長は千代に会ったことがある。その時に比べ今はあまりにも憔悴《しょうすい》し切っている千代に驚いたのである。

直ちに内科病棟に入院することになった。

今西部長は迅速に行動した。癌検出の腫瘍マーカーを含む膨大な血液検査と並行し、全身の診察を行った。そして右乳房にクルミ大のしこりを探し出した。そのしこりは憎らしいほど頑固で、今西部長が皮膚の上から摑んで左右に動かそうとしたが奥にある肋骨《ろっこつ》にしがみついているのか離れようとはしなかった。

今西部長は直ちにマンモグラフィーと胸部ＣＴスキャン検査を指示。結果、そのしこりは癌であることが判明した。

千代を前にして今西部長は口をつぐんだ。ため息をつきそうになったからだ。千代の神経は極度に張り詰めている。今悟られてはまずい。彼は癌の患者にはそのことを直接本人に告げることを信条としていた。本当の病気を本人とその家族、主治医を含む医療スタッフが共有し、共に癌と闘うことを目指していたのである。その今西部長であったが、痩せた千代を前にして逡巡《しゅんじゅん》したのだ。

翌日、今西部長は私を内科部長室に招じ入れた。

「先生、奥さんは癌です。右乳房の。しかもかなり大きい」

彼は私の眼をじっと見ながら言った。何でこんなに大きくなるまで放っておいた、と言いたげな眼であった。

「妻が癌ですか」

私はそれしか言えなかった。今西部長の机の上のシャウカステンに貼りつけてあるマンモグラフィーには、圧迫されて正月のお供え餅のようになった乳房とその中に明らかに色調の異なるひしゃげた白いチャボの卵大の塊が映っていた。卵の辺縁が不規則なのは、これが悪性のものであることを示していた。CTスキャンも同じ所見であった。

「それで妻は、千代の治療はどうなりましょうか？」

「先生もご存じのように、これだけ大きければどこかにメタの可能性もあります」

メタと聞いて私は凍りついた。自分でも身体が一回り小さくなったのを感じた。膝の上で固まっていた拳をゆっくりほぐしながら尋ねた。

「メタですか。肺や骨《こつ》が多いのでしょうか」

「ええ、私もその可能性はあると思い、全身の検査をさせてもらいました。先生もご存じのようにうちでも最近、最新のアイソトープ検査機器が入りましたね。それを使いました。骨《ほね》に転移《メタ》が見つかっています。胸椎です。まだ小さいですから骨そのものは崩れてはいませんが、そのうち痛みが出るでしょう」

「ほかにメタしている箇所はありませんか」

「先生もご存じでしょうが、乳癌は肺に飛ぶことが多いですね。そして肺癌の多くは脳に行きます。逆に言えば、脳にメタする癌の多くは肺癌からだということです。幸い今のところ肺にも脳にも問題ありません」

今西内科部長は「先生もご存じのように」を三度も使った。これは同業者である私に手っ取り早く納得させるいわば枕詞《まくらことば》のようなものであった。

「でもいずれは……」

「はい、その覚悟はしておいてください。それで木津先生、先ず手術が第一選択になると思いますから、奥さんを外科にお返ししようと思います。うちで手術となれば先生の下におられる乳腺外科医長でしょうね。私の口から言うのはおかしいですが」

やや遠慮がちに今西内科部長は言った。

「ええ、先生から乳癌と言われた時、私も田口君を考えていました。彼は新大で専ら乳腺外科をやっていましたし、アメリカに留学して最新の技術を習得してきた男です」

「私も賛成です。そうと決まれば早い方がいいですね。私の方のデータ一切を揃えて田口先生にお渡ししておきます」

今西部長はやるべきことをすべて、しかも患者の容体を考えながら済ませ表舞台から降りていった。

私より十五歳も若い田口乳腺外科医長は、恐縮しながらも千代を引き受けてくれた。彼はこう言った。

「奥様には病名をお知らせしたいと思います。私はどの病気であれ病名をきちっと知らせ、それから治療にかかることにしています。お互いに隠し隔てがなければ協力し合って治療ができます。もちろん看護婦も看護がしやすいのです。御家族も同じでしょう。要するに患者を中心にみんなで協力し合うということです」

私も異存はなかった。

長岡市において、癌の告知を患者本人に伝えたうえで手術を始めたのは田口外科医長であった。さすがにアメリカ帰りは違うと評判になり、彼の名前は広く知れ渡っていた。

千代は田口乳腺外科医長から病名を伝えられた。私も立ち会った。私は千代の顔をちらりと見た。白い顔が一層白くなり竹久夢二の絵のようになった。

「そうですか。乳癌ですか。よりによって」

と千代は言った。よりによっての意味を私は図りかねた。女性のシンボルでもある乳房にできたことを指すのであろうか。ついで千代から出た言葉は意外であった。

「最近疲れがひどくなり、めまい感も出たものですから、何か悪い病気でもあるのかと思わないこともなかったのですが、……いろいろなことがあり、つい病院に来るのが遅れてしまったのです」

優のことで走り回っていたことなのであろう。慣れない大都会東京に独りで出掛け、走り回ったあの日々のことなのであろう。

その優は重大な局面を迎えることになった母親の前にまだ現れる気配はなかった。

私は優のことを気にしたままで千代に治療を受けさせるわけにはいかないと思った。簡単な治療ではない。これからひと山もふた山も越えなければならない。

あまりうまくはない病院の夕食を千代は頑張って食べた。私は食器を配膳室の前まで持っていった。いつもは看護婦が集めにくるのだが、私が返しにいったのだ。配膳室で水をひと口飲み、深呼吸をしてから病室に戻った。

「あのねえ、千代」

私は椅子に座って背筋を伸ばし千代に話しかけた。食事を終わった千代はベッドの縁に座り足を軽く揺すりながら私の方を見ていたが、足の動きを止めて私の眼を見た。

「実は優のことだけど、今、君は自分の病気のことより優のことを気にしているんじゃないの」

「ええ、そうです。私はこんな病気になり、あなたにもこの病院にも迷惑をかけてしまいました。特にあなたには。大事なお仕事があるのに、私のことに関わって、患者さんにも迷惑をかけ、それだけじゃありません。あなたに不自由な生活を強いてしまって。

私はこうして入院させていただいて、何もすることはないので、それだから余計にそうなんでしょうけど、頭に浮かんでくるのは優のことなのです。どうしているだろう、元気にしているのかしらと。あの子はしっかりした子ですから滅多なことはないと思っていますが、でも、もしかしてなんて考えてしまうこともあるんです」

千代はそこまで一気に言うと、急に黙り、数回大きな呼吸をした。顔が青ざめている。

ああこれ以上千代に話させてはいけない、そう思った私は数日前から考えていたことをゆっくり話すことにした。

「君は優のことを本当に可愛がっていたからそれはよくわかる。だけど今の君は入院しているんだ。病気の治療を受けている身だよ。子どものことが気になって睡眠不足にでもなれば良くなる病気も良くならないよ」

私は自分でもわかっている嘘をついた。千代の病気は決して良くはならない。それどころか確実に死に向かって歩いているのだ。それなのに私は嘘をついた。

「優だけど、僕は優が出家したのではないかと思うんだ」

「出家ですって？」

「そう、出家」

「出家って、あのお坊様になる出家？」

「そう。出家して、修行して僧侶になる、その出家。でも僕は優が僧侶になろうとして出家したとは思っていないんだ」

「ではどうして優がお坊様の真似を？」

「真似ではないと思う。純粋な意味での出家だ」

「純粋ですって？」

「そう純粋な出家。つまり親からの束縛や社会からのしがらみから逃れて自由になりたかったのではないかな。本当の自由を求めて羽ばたいていったのではないかと僕は思うんだ。

あの子は僕たちの初めての子だ。優が生まれ、産室のベッドで君の腕の中でときどきあくびをしながら寝ているのを見て身震いするほどの重い感情が僕の身体の中から湧き上がってくるのを感じたんだ。こんな小さな生きもの、できることといえば君の乳房に吸い付きお乳を飲むこと、お腹が空いたら大声で泣いておっぱいをねだることしかできない生きものが成長していく。

そのような無力な赤ん坊が世界的な医学者になって多くの人の命を救ったり、ヒトラーのように何百万人も人を殺すような独裁者になったりもするよね。

僕たちの子どもの頃の日本はひどい時代だったと思わないか。古い考えが支配していて、自由なんてものは全くなかった。古い家族制のもとでは女性は男の道具に過ぎず人権なんてものはなかった。男の僕だって兵隊に取られて殺されかけたもの。だから僕は自由と平和が人間にとって一番大切だと思った。戦後、新憲法ができ、それまでの黒雲が消え去って明るい社会になりはしたが、まだ古い因習は根強く残っていたよね。君だってその被害者のひとりだったと思う。優を授かった時、自由で平和な社会でこの子を育てようと君に言ったよね。僕たちはこの子を人に優しい子になってほしいと思って優と名付けたんだよね。決して優秀な子どもの意味ではなかった。

だけど僕は仕事が忙しくてあまりというよりほとんど優の相手になってあげられなかった。君にすべて押し付けてしまった。今君が病気になって、つくづくそう思う。本当に済まなかった」

「言わないで、あなた。そんなことを」

　突然千代が切り裂くような声で言った。

「あなたは私にとってはもったいない夫です。有難いと思っています。あなたは私に物足りなさを感じたことがあるでしょう。それは十分にわかっていたのですが、どうしようもなかったのです。いくら頑張ってもできなかったのです。でもあなたはがまんしてくださった。優もあなたのことを本当に誇りに思っていたのだと思います。お友だちが遊びにきた時など、よくお父さんの自慢話をしていましたから」

　そこまで言って千代は黙った。疲れたのだ。自分でゆっくりとベッドに横になった。私は毛布をかけてやり、そのままベッドの柵を両手で摑んで椅子に座っていたがいつの間にかその姿勢で寝てしまった。

＊

「あなた」

と呼ばれて私はまどろみから戻った。

「優は生まれた時から本当に美しい目をした子どもでした。澄んだ美しい瞳でした、あの子が東京の大学で勉強すると言って私たちから離れていった時も美しい瞳でした」

「僕もそう思うよ」

突然千代がそう言い出した真意がわからなかった。

「あの子の瞳が、一瞬だけ、ほんの一瞬だけ濁ったことがあるのです。もう昔のことです。忘れてしまいたい昔のことです。優が四歳の時、木野町で私たち三人が暮らしていた時、私はあなたにひどく叩かれました。頬は切れ、顔が腫れ上がりました。それまで私や優にやさしかったあなたに叩かれたのです。あなたをどんなに苦しめたかを思えば私はあのような目に遭って当然だったのです。でも土間に転げ落ちた私がやっとの思いで立ち上がった時、奥の部屋の襖《ふすま》が少し開いたのです。そこに見えたのは優の白い顔と怯えたような瞳でした。その瞳で私をじっと見たのです。優の顔は揺れていました。きっと震えていたのでしょう。私が優の方に手を伸ばすと、すっと襖が閉まりました。

幼い優はまだ大人の争いなど知らない無垢《むく》な子です。その子をあのような怯えた瞳にさせてしまったのを知り、私は上り框で崩れてしまい、その場にうずくまって泣きました。私は何という母親なのだろう、一生かかってもいい、この償いをしようと誓って私は優を育ててきたのです。あの子は感受性が人一倍強い子です。表面は穏やかでいても、心の奥底に癒されない傷があるのでしょうか。それがずっと残っていて耐え切れなくなって私たちから出ていったのかと思うと」

千代が囁くような声で話すのを私は黙って聞いていた。私の脳裏にあの時の光景が鮮やかに浮かび上がった。裸足で土間に飛び降り、真っすぐに突き出した両腕で男を仰向けにひっくり返したあの光景を。

そして一瞬の暗転ののち浮かび上がったのは、三重海軍航空隊の空襲の惨状だった。米軍機の機銃掃射を受け、顔の半分が吹き飛ばされた吉田二等兵の死体であった。

ひ弱で虫一匹も殺せない私を凶暴な男に仕立てたのはあの戦争であったのか。その凶暴さを内に隠しつつ私はこれまで生きてきたのか。それが妻を苦しめ、その子を苦しめてきたのか。

「私はなんだか死ぬような気がするのです。私はお医者ではないから医学のことはわかりませんが、なんとなくそんな気がするのです。予後が悪いって言いますよね。私が飯田病院で働いていた時、医局のお世話もしていました。その時先生方が、症例検討会であの患者の予後は悪いなどとおっしゃっていました。私の知っている親戚のおばちゃんも入院していて、予後が悪いと言われたその方は、ほどなく亡くなりました。

今私はベッドで横になっていて、あなたと私と優の三人で暮らしたことをあれこれ思い出しているのですが、ふっと私もそのおばちゃんのように予後が悪いのではないか、間もなく死ぬのではないかと思ったのです。そうしたら今のうちに、胸の中にずーっと残っていた硬いしこりを吐き出してしまいたいと考えていたのです。

乳癌の診断を受けた時、私はやっぱりそうか、と思いました。笑わないでください、あなた。長年、私の胸の中にあったしこりは実は癌だったのです。あの時の優の驚きと悲しみをもっと早く解消してあげなかった私が悪かったのです。私に罰が当たったのです」

千代の眼から涙が溢れ出ていた。

「それは違う」

と私は言った。

「それは違うよ、千代。確かに私は激情にかられて、自分でも思ってもみなかったことをしてしまった。優があの時のありさまを見たことは今初めて知った。本当に大きな心の傷を優に負わせてしまったね。それだけでなく、君が優を連れて家を出たあの時の顚末《てんまつ》を君から聞いて、君たち二人に僕は何ということをしてしまったのかと自分を責めた。その埋め合わせをしなければならないと僕は努力した積もりだけれど、不器用な僕にできることは少なかった。

でも優は私たちよりもっと成長したのだと思う。優は大学で哲学を勉強したんだ。私は哲学には全く疎いから優に聞いたことがある。哲学ってひと口に言うとどんな学問なんだって。そうしたら、お父さんひと口に言うのは難しいねと言いながらも、哲学の最初の授業のことを話してくれたんだ。教授が同じことを僕たちに尋ねたと言って、黙っていた学生たちに、

『よく生きることとは何かを解き明かすのが哲学である』と言ったのだそうだ。優はこうも言ってくれたよ。

『お父さん、哲学とは物事の考え方の基本を明らかにする学問なんだ。つまりすべての学問、人文科学や自然科学を超えた学問なんだ』とね。優がこの二つのことを掲げて勉強したのであれば、これから生きていくのにぶれることはないと僕は信じたいんだ。お金があるとか、地位のある仕事に就きたいとか、有名人になりたいとか、そういったことを超越して生きていけることはある意味、幸せなんじゃないかな。僕はそういう意味で、優は出家したと言ったんだ」

「わかりました。あなたがそうおっしゃるなら優のことは心配しません。でも男親と母親は違うのです。あの子は私の血を分けた子どもなのですから」

＊

千代は手術を受けることに同意した。だが問題があった。貧血がかなり進んでいたので、手術前に輸血が必要であった。

一週間かけて六百ミリリットルの輸血を行ったあと田口乳腺外科医長の執刀で手術が行われた。癌が大きかったために広範な乳房切除術であった。同時に腋《わき》のリンパ節切除も行われた。

全身麻酔による八時間にもおよぶ手術であったが千代はそれに耐えた。

私は毎日、病室に千代を見舞った。家に帰っても誰もいないし、寒々とした部屋で本を読むよりほかにすることがなかったからである。

五日目に重症室から一般個室に移った千代の右腕はぱんぱんに腫れていた。手術の後遺症でリンパ液の流れが阻害されてしまったからである。手術創《そう》の痛みと腕の重さで右手は上がらなかった。リハビリテーション科の理学療法士が毎日病室に来て、腕を揉んだり、さすったり、動かしてくれると千代は言った。直ぐには無理でしょうけど、段々に良くなりますよ、とリハビリの先生は励ましてくれて、来週からはリハ室でやりましょう、その方がいろいろな器械があって楽しめますよと言われたのだ。千代は小声で、

「あなたには悪いけど、病院のお食事はおいしくない、何でもかんでも煮たり焼いたり熱を通したものしか出てきませんもの。私の口には合わないわ、早く退院して家であなたと一緒にお食事をしたい」

と言った。

病室で千代との時間を過ごしたあと、私は帰り道にあるレストランで夕食を済ませた。千代の料理の味に慣れてしまった私には洋食であれ、和食であれ舌になじまなかった。千代との三十年の歴史が自分の舌にも凝縮しているのだと私は思った。

食事を済ませ、家に帰った私は食器棚から日本酒を取り出して飲んだ。津の地酒紅梅であ

る。滅多に酒を飲まない私であったが、千代が気を利かせて津から取り寄せてくれていたのだ。冷のままで飲んだ。料理屋で千代と初めて飲んだあの酒と同じ味だ。知らないうちに手酌の数が増えていた。酔いが回ってきた。急いで自分の身体をソファーに引きずるように移動させ、倒れ込むように身を横たえ目をつぶっていると、どこからか微《かす》かに声が聞こえてきた。

*

「あなた、そんな格好でいると風邪をひくわよ」

千代の声であった。驚いて目を開けようとしたが瞼が重かった。閉じた瞼に千代の物憂げな、それでいて清楚な姿が映し出された。ああ、このまましばらく千代との時間を楽しみたいともうひとりの私が呻いた。それなのに千代の姿は薄れていき、それと同時に、全く瞬間と言っていいほど一瞬のうちに三重医専の授業の光景が浮かんできた。

「臼井教授だ」

と私は叫んだ。あの怖かったドイツ語の臼井教授の顔があった。身なりも構わず、髪の毛ももじゃもじゃのままの四十年前の姿であった。教えることに情熱を燃やしている教授であった。予習をしてこないとひどく叱られた。当時の医学はドイツ語が主流であったから、医科系の学校では第一外国語がドイツ語、第二外国語が英語と決められていた。この両科目のうち一科目でも落とせば一学年から二学年に進級できなかったから、学生は必死に勉強した。

入学したばかりの我々のドイツ語はまず文法から始まった。ドイツ語の名詞には男性、中性、女性の性があり、男性は定冠詞にder《デル》、中性はdas《ダス》、女性はdie《ディー》を付けなければならない。新入生は徹底的にその名詞が男性か中性か女性かを覚えさせられ、その頭にデルとかダスを付けることを要求されたのだ。臼井教授の授業の直前にはデルだのダスだのディーだのが教室中に響き渡っていた。当時の高校や大学でドイツ語を選択した者はそんなものだった。コンパなどでしたたか飲んで酔っ払った学生は、「ほんにドイツ語は夫婦の喧嘩、出る（デル）の、出す（ダス）のと大騒ぎ」などと大声で歌いながら肩を組んで街を千鳥足で歩いたのである。

だが恐ろしいことに臼井教授は二学期に入るや、ドイツから取り寄せたテキストを皆に読ませたのだ。我々の学年用に教授が選んだテキストは十九世紀のドイツの作家シュトルムの『Ein Bekenntnis《アインベケントニス》（告白）』であった。皆、ドイツ語辞典にしがみつくようにして、難解な動詞の変化に振り回されながらそれを翻訳した。しかし数カ月前にデルだのダスだのと言っていた我々に短編小説の名手と評されていたシュトルムの名誉を損なわない文章が書けるわけがなかった。珍妙な訳文を披露しても、予習をしてきた学生に対して教授は優しかった。丁寧に解説してくれるので、我々の腕はめきめきと上がった。そして冬休みが始まる前に『告白』を読み切ったのであった。もちろん読み切ったといっても、八十ページ全部を読んだのではない。教授はそのうちの三十ページほどを選んだのだ。

その内容は二十歳になったかならない我々には重いものであった。

臼井教授がなぜこの箇所を選んだのか測りかねた。そして四十年経った今、酒に酔ってソファーに凭れて寝ている私の脳裏にあの『告白』の光景が次々と繰り広げられたのだ。

ドイツの小都市で開業しているフランツ・イエーベ博士は高名な婦人科医であった。丁寧な診察と卓越した手術が多くの患者を引き寄せた。勉強家でもある博士は内外の医学雑誌を読むことも忘れなかった。常に最新の情報を得ようとしていたのである。

しかし、名医の評判が広まるにつれ年々患者の数が増え、門前市をなすようになった。それとともに博士の書斎の机の上には読まれないままの医学雑誌や論文が積まれるようになった。じっくり読む暇がなかったのだ。

イエーベ博士の最愛の妻、結婚して四年目のエルジが身体の不調を感じたのはその頃であった。だがエルジはそれを夫に言わなかった。自分のことで夫の時間を取らせるのは、患者の治療に命を懸けている夫に申し訳ないと思ったからである。だが不眠が続き、食欲が落ち急速に体重が減った。夢を見ているのか夜中に大声で叫ぶようになった。次第に身体のあちこちが痛み出した。そのことを遠慮がちに夫に訴えた。不思議なことにイエーベ博士がエルジを優しく抱き寄せると症状は軽くなった。

ある夕方、仕事から帰ったイエーベ博士はいつものように自分を居間で迎えるエルジがいないのを不審に思った。二階に上がってみると妻はベッドで寝ていた。強い腹痛で横になるしかなかった、と心細そうな声で彼女は言った。

その時点で夫は妻を患者として診察した。そして妻の下腹部に異様な塊を触知したのである。その形、付近の臓器との関連から、イエーベ博士はほとんど直感的にそれは恐ろしい病気、癌であると判断した。

十九世紀の中頃、癌は不治の病気であり、痛みで悶え死ぬのが当時の患者の宿命であった。死のみが癌で苦しむ肉体を解放してくれたのである。日ごとにエルジの若い美しい顔は痛みで歪んでいった。全身のけいれんも生じ、痩せ衰えた身体は折れそうになるほどねじ曲がった。けいれん発作が治まり、息を吹き返したエルジの肉体に悪魔は再び激痛の刃を打ち込んだ。痛みでのけぞるエルジを抱きかかえている夫に、エルジはか細い声で懇願した。「お願いです。この痛みには耐えられません。どうぞ殺してください」と。夫は拒否する。だが繰り返し襲ってくる痛みと懇願とけいれん発作を前にして遂にイエーベ博士は決心した。地下室に行き、鍵のかかった薬品金庫から薬を取り出し、妻エルジの口にそれを含ませたのだ。数分後にエルジは夫の腕の中で絶命したのであった。

妻の葬儀を終えたあとイエーベ博士は家に閉じ籠ったまま誰にも会おうとしなかった。エルジとの愛に満ちた生活は永遠に帰ってこない。二人で作り上げた生活の諸々のもの、調度品も中庭の花壇も色を失いモノトーンな灰色になってしまった。心配した友人がイエーベ博士の気を紛らわそうと訪ねてきたが無駄だった。そうして数ヵ月が過ぎた。若いが有能な医師がイエーベ博士に代わってかいがいしく働いてくれていた。だがその時、町に伝染病が流行り始めた。代診の医師はその対応に苦慮した。今まで経験したことがない病気だったからだ。そして遂に代診の医師はイエーベ博士に助けを求めた。過度の仕事で痩せ衰えたこの若い医師を見てイエーベ博士は目が覚めた。そして彼に言った。

「許してほしい。死んだ妻のことを嘆くあまり、生きている君のことを私は忘れていた」

イエーベ博士は自分に与えられた天職を再開しようと先ず机の上に積んだままにしてあった医学雑誌の整理を始めた。そしてある論文が目に飛び込んできた。論文の著者はイエーベ博士の大学時代の恩師だった。有名な婦人科教授はこう書いていた。

「私の考案した新しい手術法を用いるならば、これまで救命することのできなかった子宮癌患者の五人に三人は癌を摘出できるだけでなく、家族のもとに帰すことが可能になるのである」

イエーベ博士は急いでこの論文の発行日を確かめた。なんとこの論文はエルジの死亡の数週間前に配達されていたのだ。

臼井教授は我々の拙《つたな》い訳を一つひとつ訂正しながら有能な婦人科医イエーベ博士が妻を薬で

殺害する過程を浮き彫りにしてくれた。

私たち学生は、自分たちの翻訳というより、臼井教授の解説を身じろぎもせず聞いた。

＊

……したたか飲んで酩酊しソファーに寄りかかって寝てしまった私は、四十年前の三重医専の教室風景を俯瞰《ふかん》していたのである。

米軍機の爆撃で破壊された三重医専の校舎は速やかに再建されたが、資材も人手も足りない時代であった。急拵《ごしら》えの粗末な木造の教室では臼井教授と詰襟服の学生たちが対峙していたが、そこには目に見えない師弟愛が漂っていたのである。あの時、確か臼井教授は我々に向かってこう言われた。

「諸君、君たちはあと数年経てば、医者になります。医療の現場ではいろいろなことが起こるでしょう。その一瞬一瞬で決定しなければならないこともあるでしょう。患者のいのちをどこまで守ることができるのか、言い換えればどこで終了させるかの決断を迫られることがあります。安楽死の問題です。最近は尊厳死と言う人がいるようです。

諸君たちは決して積極的に安楽死に手を染めてはなりません。イエーベ博士がやったことは薬を使って妻の命を縮めた積極的安楽死です。そのようなことをしてはいけません。わかりましたか。

ところで、授業時間が短かったので『告白』を全部読み通すことはできませんでした。ですから、この短編小説の結末を申しておきましょう。

イエーベ博士は妻が死んだあとすべての名誉と財産を投げうって誰にも告げずに東アフリカの未開の地に移り住みました。三十年間、原住民の診療に従事し、そこでいのちを終えたのです。このテキストの表題『Ein Bekenntnis（告白）』ですが、イエーベ博士はアフリカに旅立つ前、彼の親友ハンスに妻エルジを薬物により安楽死させたことを告白したことによるものです」

＊

夢だったのか、俺は夢を見ていたのか。だが今になってなんでこんな夢を。

おぼろげな意識の中に漂っていた私は突然覚醒した。ソファーから立ち上がった。酔いはすっ飛んでいた。そして呻いた。

「何ということだ。俺はあのイエーベ博士と同じじゃないか。俺は自分の仕事にかまけて千代の病気にも気付かなかったのか。俺が千代を殺したも同じじゃないか」

千代は、リハビリが効いたのか右手のむくみも減ってきて動かしやすくなった。それもあってか明るい顔つきになり、私も病院のスタッフも喜んだ。じっとしていることのできない性格であったから、鉛筆で書いたメモを私に見せた。文字は小さく流れるようで読みにくかったが、これが限界なのであろう。

「優に書いた手紙なの」

と千代が言った。

「これをワープロで打ってくださいませんか、優に出したいの」

「宛先は？」と言いかけて、私は黙った。住所はわからないはずだ。優の親友たちは、判明次第連絡すると約束してくれたが、まだ音沙汰はない。千代の病状は進行しているに違いはなく、いずれ手紙を書くこともできなくなるだろう。

私は帰宅すると直ぐに机に向かい、千代のメモを判読しながらワープロで打った。

翌日、プリントアウトした手紙を千代に手渡した。

　優君

元気にしていますか。お母さんは一カ月ほど前に、胸のしこりを取ってもらう手術を受けました。お父さんの病院の先生方のおかげで無事に済みました。でも八時間もかかる手術でしたからあとが大変でした。右手が腫れてしまい、リハビリの先生にマッサージをしてもらいました。それでだいぶ良くなりましたが、まだ手が不自由なので、うまく書けないのです。それでも何とかあなたに手紙を書きました。でもあなたには読みにくいと思い、お父さんにワープロで打ってもらいました。

ずいぶん長い時が過ぎてゆきました。私たちはいつもあなたのことを話しています。あなたが健康であること、自分のやりたい生き方ができることを何よりも祈っています。

今年も十一月九日が来ます。お誕生日おめでとう。納得のゆく生き方をしてください。せいぜい楽しんで生きてください。そしてあなたの気に入った、一緒に暮らせる人に出逢えるといいですね。

私たちは本当に老いました。明日がどうなるかわからなくなりました。あんなに元気だったお父さんも最近めっきり体力が落ちました。立ったまま長時間の手術を何十年もやったのがたたったのでしょうか。お父さんは口には出しませんがお母さんにはよくわかります。

お父さんは、私にしばらく入院しゆっくり身体を休めるといいと言ってくれます。でも今の私はそんな時間がもったいないのです。やっぱりあなたのことが気がかりなのです。あなたがどうしているのか、どこに住んでいるのかがわかれば私はいいのです。親としてはそれが気がかりなのです。

お母さんはあなたの成長を楽しみに、そしてお父さんがお仕事ができるように、それだけのことしかしてこなかったのにこんなに弱ってしまうとは思いませんでした。

一度こちらに帰ってきませんか。それが私たちにとって一番願っていることなのです。元気なあなたの顔さえ見ることができれば、あとはあなたの自由な生き方をしてください。それが叶えられないとしたら、私たちの生き方そしてあなたの育て方がまずかったのでしょうね。

とにかく楽しんでください。楽しみながら働いてください。でもふっと心に淋しさを感じるようになった時に自分を支える何かを今から少しずつ積み上げておいてね。何か確実なものを。一生はアッという間に過ぎ去っていきます。

母千代より

一九八八年十月十五日

千代は、「あなた上手に書いてくれましたね、見違えるような手紙になったわ」と言った。君の書いたそのままだよと私は言ったが、事実そうだった。千代は封筒に入れたその手紙を胸の上に置きしばらく温めたあと、枕の下に入れた。宛て先がわからなかったからである。

一カ月ほど経ち、病室の窓にも粉雪がちらつき始めた頃、千代が背中の痛みを訴えた。数日前にたまたまお茶を飲んでむせた時、痛みが走った程度だったのに、今では常時痛みがあり、段々と強くなるというのである。

田口医長が千代の上半身を裸にし、診察用のゴムのハンマーで背骨を上から順に叩いていった。途中で激しい痛みで千代が身体を捩《よじ》った。直ちにCTスキャンがなされた。放射線検査室のモニターで私は田口医長とともに次々と現れる脊椎骨の画像を見つめた。疼痛《とうつう》部と一致する部位の脊椎骨が崩れており、その上下の骨のおよそ半分の薄さになっていた。以前にアイソトープ検査で癌の転移が確認されていた骨であり、その時点では骨の形は正常に保たれていたのが崩壊してしまったのである。

「モルヒネを使いましょう」

モニターから目を離した田口医長は私の方を向き即座にそう言った。有無を言わせぬ強い声であった。

「いきなりですか」

と私は口籠った。

「初めはほかの鎮痛剤を使って、それでも効かなければ麻薬を使うというのはどうでしょう」

「これまでは、鎮痛剤の処方は先生がおっしゃるやり方でした。でも奥様のこの癌性《がんせい》疼痛は通常の鎮痛剤では効かないと思います。効かないから薬をどんどん増やす。副作用で胃がやられて食事が入らなくなる。それで痩せる、体力が落ちる。ベッドに横になったまま人にも会いたくない、そんなことが続いたあと、やっとモルヒネに切り替えることになります。奥様が生きられる時間、その大事な時間をどのように有意義に過ごしていただくかを私たち、特に先生がお考えになるべきだと思いますが」

いつもの温厚な田口医長とは思えない話しぶりであった。それだけ病状は進行していて差し迫っているのであろう。

不意に私は田口医長と同じことを自分の患者に言っていたことを思い出した。木野町立診療所に勤務中のことである。それなのに自分の身内のことになるとこんなにまで判断を誤ってしまうのか。

私は千代へのモルヒネの使用に同意した。

数日してその効果はてきめんに表れた。痛みがかなり抑えられたのか、柔和な顔つきになった。すこしまどろんだ様子ではあるが、それでも出された食事は頑張って八割ほどは平らげるようになった。

私が仕事の合間を縫って千代を見舞うと、椅子に座るように勧め、ちゃんと食べているのかと私の食事のことまで心配するようになった。他人のことに気を使う千代に戻ったのだ。これまでは常時襲っていた痛みがそれを妨げていたのであろう。

＊

年が明け元号が昭和から平成になった。満州事変から始まって日中戦争、そして太平洋戦争と戦争に明け暮れた昭和の時代から平和の時代に成ってほしいとの思いがこの元号になったのであろう。私にはこの年が千代にとって「平」穏な生活に「成」る始まりだと思いたかった。

だがこの平穏な生活は四カ月で終焉を来した。看護婦が、奥様がうわごとを言い出したと、そろそろ寝に就こうかと思っていた私に電話してきたのである。時計を見ると午後十一時を回っていた。

私は急いで着替えをし、家を飛び出した。焦ってはいけない、スピードを出しすぎてはだめだと自分に言い聞かせながらハンドルを握った。

駆けつけた私を見て千代は嬉しそうに微笑んで、

「あなた今診察中でしょう。いいんですかここに来て」

と言った。そして左の手を挙げて私と看護婦にこう言ったのだ。

「天井のあの隅にいろいろな人がいるのよ。きれいな着物を着た人もいるわ、そう天女が羽衣を着たような人たちが。ゆらゆらとまるで踊りを踊っているみたい。それはそれは優雅に踊るのよ。手を伸ばしたんだけど、すっと消えていくのね。あら消えてしまったと思っていたら、また出てきたの、男の子を連れてね。よく見たらその男の子、優なのよ。お化粧したのか白い顔になって、狩衣《かりぎぬ》のようなものを着ていたけど、確かに優だったの。それで私は大声で優と叫んだの。手を伸ばしたけど優は寂しげな顔をして何も言わずに天女たちと一緒に行ってしまったのよ」

私は返す言葉がなかった。これは単なるモルヒネの副作用によるものではないと思った。そして千代に言った。

「千代、優に会ったのか。良かったね。僕も優に会いたかったな。優が若い娘さんたちと踊りを踊るなんて僕は想像したことがないからわからないけど、どんな踊りだったんだい。今度出会った時そこのところをちゃんと見ておいてほしいな」

千代は返事をしなかった。眠りに落ちていたのだ。

翌朝、私は田口医長に千代のうわごとの一件を知らせようと彼の部屋を訪問した。彼はすでに看護婦から報告を受けていて、脳のＣＴスキャンを撮りましょうと私に言った。

＊

千代の右の後頭葉に胡桃《くるみ》大の腫瘍が発見された。乳癌の脳転移であった。

幻覚や妄想などの症状は精神病患者に多く見られることは私も田口医長も知っていた。そこで精神科医の意見を求めることにした。

成田精神科部長は病室まで来てくれた。成田部長は二年前に定年になったのだが、後任が決まらなかったため病院側のたっての願いで定年延長になっていた。口髭を生やしていたので髭おやじのあだ名を奉られていたが、温厚な先生で皆の尊敬を集めていた。

成田部長は千代にいくつかの質問をし、その返事を頭の中で反芻《はんすう》しているようであった。そしてこれは意識障害から来るものではなく、後頭葉にできた腫瘍に起因するものであろう、視覚の中枢が後頭葉にあるのだが、そこが腫瘍により刺激されて目に見える幻覚として現れたのだと結論付けた。腫瘍はまだ小さいあいだはいいが、発育していけば意識障害を起こしたり、けいれん発作を起こしたりする、そうなれば命に関わるであろうということであった。髭おやじ先生から訥々と話をされ、私は納得せざるを得なかった。

新潟大学の脳神経外科教室に手術の適応があるか否かの問い合わせをすることになり、田口医長が千代のすべてのデータを同教室に送付してくれた。

一週間後に同教室は文書で回答を送ってきた。それにはこう書いてあった。

乳腺外科医長田口先生御机下
この度は木津千代様（五十九歳）をご紹介いただきましてありがとうございました。貴重な症例で当科も大変参考になりました。

さて治療に関しましては当教室教授中山穂積部長以下医局員による症例検討会で検討いたしました。結論としましては、外科的手術の適応なしとなりました。その理由は、本症例は乳癌が原発であり、それが脊椎骨（下部胸椎骨）と脳に転移していることです。このような転移性脳腫瘍の場合、多発性に脳内に再発する可能性がありますので原則、腫瘍摘出術は行いません。なおCTスキャンでは現在、右後頭葉に3×3センチ大の浮腫を伴う腫瘍が認められますが、左半球前頭葉にも小さな高吸収域があり、これも転移性腫瘍の可能性がありま す。引き続きCTで追跡し、腫瘍の増大に伴い脳圧亢進が顕著になれば脳圧降下剤のマニトール静注で対応するのが現時点で取り得る最善の治療法であろうと考えます。

一九八九年三月十日

新潟大学病院脳神経外科
講師　橋本信也（病棟医長）

脳神経外科の回答を受け、千代は引き続き乳腺外科に入院のまま治療を受けることになった。

モルヒネがじょうずに作用しているのであろう、背部痛は軽減し会話ができるようになった。それにつれて千代はしきりに家に帰りたがった。あなたと一緒に暮らしたい、自分のことは何とかできるからと言ったが、それが無理なことは誰の目にも明らかであった。そうかと思えば、私はもうだめね、あなたに迷惑をかけるばかりだし、と気弱なことも口に出した。そのような感情の交錯する日々が続いた。

長かった冬が終わり、四月の半ば、やっと病院の庭の桜もつぼみを見せ始めた頃、千代は突然小さな叫び声を上げ、そのまま昏睡状態に陥った。緊急のCTスキャンが施行された。右の後頭葉に巨大な脳出血が発見された。以前のCTで脳腫瘍が存在していた部位である。腫瘍内にある動脈が破裂して大出血を起こしたのだ。このことにより脳圧が一気に亢進し脳幹部を圧迫したので昏睡になったのだ。田口医長は直ちに、大量のマニトールを静注した。

丸一日経った頃、千代はわずかに反応するようになった。人工呼吸器につなぐため気管内挿管《きかんないそうかん》がされていたのであるが、その管《くだ》を嫌がるようなそぶりを見せた。首をわずかに動かしたのである。千代の友人たちが交互に白衣を羽織って重症室に駆けつけた。それぞれが「千代さーん、起きてよ。目を覚ましてよ」と泣きながら千代の手を揉んだり、さすっている。その時、千代の瞼から涙が一筋流れ出たのを私ははっきりと見た。ああ千代は聞こえているのだ。友人の声がわかったのだ。

翌日、挿管してあるチューブを明らかに嫌がるように右手を動かし身体を捩るようにしたのでチューブは抜去された。挿管により声帯に傷がついたので声はかすれてしまったが、二日もすると何とか話ができるようになった。そして囁くように私にこう言った。

「あなた、私は間もなく死ぬような気がします。でも悲しまないでください。あなたと結婚できて嬉しかった。本当に幸せでした。ありがとう、あなた。そして子どもが生まれて……嬉しかった。その子を私はいのちをかけて育てました。それは永遠に残るのです。その永遠に残るものが私の魂なのです。私はもうだめだと思います。身体は滅びますが魂は滅びません。だから私は死んでも死なないのです。だから、あなたどうぞ悲しまないでください。ね、お願いします」

「千代、だめだなんてことはない。こんなにたくさんの人が一生懸命治療してくれているじゃないか。友だちもたくさん来てくれているじゃないか。管もはずれて自分で呼吸ができるようになったじゃないか。千代、死ぬなんて言わないでくれ、僕のためにも生きてくれ」

私は千代の手を握りしめて叫ぶように言った。周囲のことなど何も見えなかった。涙が迸《ほとばし》り出たが構わなかった。そして、千代死なないでくれと呪文のように言い続けた。

＊

一週間後に千代は多くの人に見守られて息を引き取った。

なんで私は千代の枕元で死なないでくれと叫び続けたのだろう。千代の主治医はもちろん内科部長も放射線科医も髭おやじ先生も、そして何より千代を一日二十四時間看てくれた看護婦たちも、千代の余命がいくばくもないことは知っていた。そしてこの私自身も冷静に考えれば同じ答えであることはわかっていた。

それなのに何故あんなことを言って、もしかしたら千代を苦しめたかもしれないことを言ったのだろう。私は何故、

「千代、わかった。安心してあの世に旅立ちなさい。君と知り合って一緒になれて僕は幸せだった。たくさんの楽しい思い出をありがとう。今、優に会えないのは辛いだろうけれど、優には僕からお母さんのことはちゃんと伝えておくから心配しないで安心して行きなさい。僕もいずれ君のところに行くからそれまで待っていておくれ」

と言えなかったのだろう。千代は優しい心根の持ち主で、自分のことより他の人を真っ先に考える人であった。その千代が、ほとんど意識が薄れかけていながら、本能的に自分に死の影が忍び寄っているのを感じたのであろう。それなのに、何故私は死ぬなんてことはない、良くなっているなどと嘘をついたのだろう。

十五章　浴　衣

千代の葬儀はホテルで執り行うことになった。ほとんど魂の抜けたようになってしまった私をそっちのけにして、千代の友人たちが知り合いの葬儀社と相談して決めたのであった。私の実家は浄土宗だが、二男の私は家督を継いではおらず、だいいち長岡の家には仏壇もなかった。

そっちのけにされたのだが、あくまでも千代とその夫である私を中心にした葬儀であった。私が中心とは変な話だが、要は千代という人がどのような人であったのか、彼女の存在がどれほど多くの人に幸せな気持ちを与えてくれたのか、その大事な人を悼み、送るための手作りの儀式を千代の友だちは企画してくれたのであった。

祭壇はたくさんの供花で飾られていた。その中央に、千代の大きなカラー写真があった。優の長岡大手高校の入学記念に写真館で撮った写真を拡大したものであった。黒のツーピースの式服で真珠のネックレスを着けている十四年前の千代はまばゆいばかりの美しさだった。私はこれまで千代を真正面から見たことがなかったのだと気付いた。思わずじっと見とれていると、「あなた、今さら遅いわよ」と千代が私に話しかけてきた。確かに千代の声であった。私の耳元で鈴のように響いた。

葬儀は無宗教であったから僧侶や牧師などの読経《どきょう》や説教はなかった。またいわゆる名士の仰々しい弔辞もなく、友人たちがかわるがわる心のこもったお別れの言葉を、自分の声で語った。それぞれが死者との記憶を確かめ合おうとするかのように。

ところが驚いたことにマクシミリアン、あのマックが告別式に来てくれたのだ。千代の友人が知らせたのであろう。彼は羽織袴であった。そして千代の写真に向かって一礼し、しばらくうつむいていたがやがて参列者に向かって語りかけた。

「わたしはマクシミリアン・ヨンケルと申します。長岡カトリック教会の神父です。教会で用事がありまして遅れてきました。ごめんなさい。えーとモシュさんですね。わたし、喪主の木津さんの友だちです。奥様に、千代さんに私一度だけお会いしたことあります。千代さんのお友だちで信者さんが何人もいます。その方と一緒に教会に来ましたね、千代さんは。信者さんたちのお話の中に千代さんのことよく出てきました。皆さん千代さんを愛していましたね。本当にすばらしい方だったですね。わたしは木津さんに、心からオクヤミを申しにきました。木津さん、済みませんリンタロさんと呼ぶこと許してください。わたし木津さんと話すとき、おたがい名前で呼ぶのです、ですからわたしマクシミリアンでなくマック、木津さんはリンタロさんです。リンタロさん悲しいですね。もう愛する千代さんと話することできない。会うことできない。でもキリスト者は信じています。わたしたちは死ねば肉体は滅びますね。でも魂は滅びない。

今から五十年前、うちむらかんぞうというクリスチャンがいました。彼の愛する娘のルツ子が十七歳という若さで亡くなりました。肺の病気です。お墓で葬式しました。その時、内村鑑三は、『今日は娘が天国に行く日です。神様のもとに行くのです。娘の結婚式です。今日はおめでたい日です』と言い、両手を上げて『ルツ子さんバンザイ』と大声で叫びました。

リンタロさん、あなたは今、悲しみのどん底です。悲しいです、淋しいですね。千代さんに戻ってきてほしいですね。その気持ちマックわかります。わたしの教会に来て、コーヒー飲みながらリンタロさんが千代さんや子どもさんの優君のことを話す時、本当に嬉しそうでした。わたし、神父ですから、奥さんいません。子どももいません。でもリンタロさんの話を聞いて、わたしも奥さんと子ども欲しくなりましたね。これ、ヴァチカンの教皇様《きようこう》に言わないでください。わたし叱られます」

これを聞いて静まり返っていた会場が一瞬笑い声で包まれた。両手を前に広げてざわめきを抑えたマックは、

「リンタロさん、千代さんは一足先に天国に行きましたね。ちょっと早すぎました。でもそれはわたしたちを遙かに超えた存在のひと、それは神かもしれない、その方、その絶対者が決めたことです。これは神の摂理《せつり》です。いずれわたしも死にます。リンタロさんも死にます。その時わたしはイエス・キリスト様のところへ真っすぐ行きますね。わたしそうお願いしてあるのです。そして一緒にお酒をたくさん飲みましょうと約束してあるのです。実は皆さん、大きな声では言えませんが、キリスト様はお酒が好きで、ひどい呑兵衛《のんべえ》だったのです」

と言った。その時、またどっと笑いが起こった。

「本当ですよ、皆さん。イエスはあちこち歩き回っては説教をしていますが、行く先々でみんなと仲良しになり、居酒屋でへべレケになっていたという古い文書があります。でもそんなことをみんなの前で言うと、私ヴァチカンに怒られますね。皆さんお願いです。これも告げ口しないでください」

また笑いが起こった。数秒後にマックはそのまま両手を高く掲げて祭壇の方に向きを変え、しばらく頭を垂れていたが、

「千代さんバンザイ」

と静かに言い、一礼した。そしてまた我々の方を向き、軽く一礼して自分の席に戻った。

出棺の時間になった。棺を火葬場に運ぶのである。

棺の蓋を開け、千代と最後の別れをした。色白の顔は少し痩せていたが、凍りつくような美しさで、生前と変わらず微笑んでいた。参列者全員が供花の花を摘み取り棺に入れた。溢れんばかりに敷き詰めた。いよいよ蓋を閉めるという時、棺にすがるようにして立っていた友人たちの細い長いすすり泣きが湧き上がり、次第に周囲に広がっていった。

＊

千代の葬儀が済み一段落した頃、街では盛んにリバイバルソングが流れ始めた。長岡の商店街のアーケードのスピーカーからも歌が流れた。

母がまだ若い頃　僕の手をひいて
この坂を登るたび　いつもため息をついた
ため息つけば　それで済む
うしろだけは見ちゃだめと
笑ってた白い手は　とてもやわらかだった
運がいいとか悪いとか　人は時々口にするけど
そうゆうことって　確かにあると

あなたを見てて　そう思う
忍ぶ不忍《しのばず》　無縁坂　かみしめるような
ささやかな　僕の母の人生

いつかしら　僕よりも　母は小さくなった
知らぬ間に　白い手は　とても小さくなった
母はすべてを　暦に刻んで
流してきたんだろう
悲しさや苦しさは　きっとあったはずなのに
運がいいとか悪いとか
人は時々口にするけど
めぐる暦は季節の中で　漂いながら過ぎてゆく
忍ぶ不忍　無縁坂　かみしめるような
ささやかな　僕の母の人生

さだまさしの『無縁坂《むえんざか》』であった。確かもう十年以上前に流行った歌だが、その頃はいやにセンチメンタルな歌だなと思っただけであった。しかしひとりになってしまった今の私には胸に突き刺さるものがあった。この歌は千代の人生を歌ったのではないかとふと思った。

忍ぶ不忍　無縁坂　かみしめるような
ささやかな　千代の人生
知らぬ間に　白い手は　とても小さくなった
千代はすべてを　暦に刻んで
流してきたんだろう
悲しさや苦しさは　きっとあったはずなのに

私の耳に透き通るようなさだまさしの声がこう響いてきた。

＊

ひとりになった私はひどい虚無感に襲われた。それと同時に食欲がなくなり朝食抜きで職場に出るようになった。昼食は病院の食堂、夕食は居酒屋が通例になった。酩酊して帰宅し、見るともなくテレビを見ているといつの間にかテーブルにうつ伏して寝てしまうこともあった。何とかベッドにもぐり込むとそのまま寝てしまうが、この頃からよく夢を見るようになった。

だぶだぶのズボンをはいてガニ股で歩いてくる男がいた。チャップリンであった。私が「おいチャップリン」と呼んだが返事をしない。近づいて顔を見たら、私であった。何だ夢か、私は独りごちた。そして妙に頭が冴えた。今のは確かにチャップリンだったが、俺ももしかしたらあんな格好で街を歩いているのではないか。そう言えば病院の行き帰りの服装もずっと同じままだ。面倒くさいからそのままでいたのだが、確かにズボンの膝が抜けている感じがしていた。千代は何着かを取っ替え引っ替え出してきてはアイロンをかけてくれていたのだ。ひょっとしたら病院でも飲み屋でも、私を男やもめの典型と思っているに違いないなどと呟いているうちにまた寝てしまった。

＊

何日かしてまた夢を見た。

私と千代は列車の三等客車に乗っていた。どこを走っているのだろう。伊豆半島のような気がする。賑やかな駅で列車は長時間停車した。名のある温泉旅館がある駅なのであろう。ホームにまで入り込んだ番頭たちは銘々旅館名の入った半被《はっぴ》を着て客寄せの声を張り上げている。うちはどの部屋からも美しい渓谷が眼下に広がっているだの、うちの料理長は京都で修業してきた超一流の腕前だだの、地下深くから特別に引いた井戸水を源泉に混ぜたので薬効あらたかで万病に効くだのと彼らは声を涸《か》らしている。

駅の改札口の上にも「老舗《しにせ》温泉旅館街の玄関口」と書かれた大きな横断幕が張られ、スピーカーは民謡を流し続けている。こんな騒がしいところは用がない。どこか鄙《ひな》びた温泉宿に行こうと私たちはあらかじめ話し合っていた。

やがて列車は出発し三十分ものろのろと走ったのち、突然止まった。無人駅であった。プラットホームに案内板があった。「元湯元《もとゆもと》三キロメートル東。温泉街の旅館の源泉として知られる」。文字もかすれてほとんど読めなくなっていたが、目を凝らすとそう読めた。

私は千代にここで降りると言い放ち、網棚の荷物を摑むと列車から飛び降りた。千代も慌てて私を追った。元湯元に向かって歩いていけば、鄙びた温泉宿が二、三軒くらいはあるだろう。そこならゆっくり湯を楽しめる。半分壊れかけている改札口を出ると、正面に「この先元湯元二キロメートル」と書かれた案内板が立っていた。わずか三十メートルも歩かないうちに一キロメートルとは、ここはおとぎの国かと冗談を言いながら道幅数メートルのなだらかな山道を二人は歩いた。

私はひたすら歩き始めた。いつの間にか千代を置いてきぼりにしていた。なぜ虚弱な妻に見向きもせず、私は歩いていたのだろう。

遙か先に人影が見えた。それならこの辺にも家はある。いやひょっとしたらあの男は元湯元から来たのだろう。従業員か。

やがてその男がふらふらしているのに気付いた。まだ日暮れには間があるのに酔ってでもいるのか。しかも私の方に向かってくるではないか。私は不気味さだけでなく身の危険を感じた。千代は遙か私のずっと後ろを歩いている。一緒でなくてよかった。

ふっと芥川龍之介の『藪の中』の光景が出てきた。侍とその妻が現れたのである。二人は一緒に旅していたがゆえに山賊に襲われ、男は殺され女は手籠めにされたのだ。

千代は後ろの方でどこか草むらに身を潜めていればいい。男はふらふらしながら道を逸れ、大きな木の根元に座るなりそれに寄りかかってポケットから何かを取り出したようだった。ナイフかそれともピストル？　私の心臓は張り裂けんばかりに大きな音を立て始めた。だが男が取り出したのは小ビンであった。その蓋を男は器用に歯でこじ開けた。そして一気に飲み干した。男は大きなため息をつき、そのまま木に凭れて寝入ってしまった。

おーい千代、と私は妻の名を呼んだ。返事がない。聞こえないのか。ありったけの声で呼んだ。聞こえていない。私の声は周囲の木々の葉に吸い込まれてしまったのだ。千代は現れなかった。時おり風が吹くと木々の枝が擦《す》れ合ってざわざわと囁くが、千代の声は混ざってはいなかった。整備されなくなって荒れたとはいえ道は道だ。そこから逸れて千代が森の中に入り込むことは考えられない。もしかして野獣にでも襲われたのか？　千代が声を出す暇もなく襲われた？　私は妻の名前を呼びながら森の中に足を踏み入れた。草や木の小枝が倒れた形跡はない。しばらく行くと池があった。周囲一キロメートルほどの池であった。池の畔《ほとり》の土が一部濡れているのに気付いた。そこだけがてかてかと異様に光っていて足跡がいくつかあった。まさか千代が。私の口はからからになった。だがよく見るとそれは動物の足跡だった。鹿か、野生の馬か、水を飲みにきたに違いない。獣が喉が渇いたのなら、千代だって喉が渇いたのではないか？　ここに水を飲みにきて足を滑らすことだってあり得る。私は誘蛾灯《ゆうがとう》にひかれる蛾のように異様な光を放つ水辺に近づいていった。水際まで足を踏み入れた途端、靴が滑り始めた。仰向けに転倒した私はそのまま池に引きずり込まれた。もがく間もなく池の深みに落ちていく。私は水中の何ものかに両の足首を摑まれた。すごい力で足首を摑まれぐいぐい池の底に引き込まれた。私は手を伸ばして私を摑んでいる何ものかの手を引き放そうとした。このままでは溺れてしまう。私は必死に振りほどこうとした。沈んでいきながら水中で目を凝らすと多数の水草が私の足に絡まっているのが見えた。その水草がまるで生き物のように私に襲いかかる。このようにして千代は池の底に沈んでいったのか。そう思った時、足に絡まっていた水草がすーっと消えていった。私は両手足をバタバタさせ浮き上がった。そして水面上に顔を出したとき、人影が見えた。その人影は水を滴らせたまま無言で遠ざかっていく。千代、と私は大声で叫んだ。いくら呼んでも人影は答えず森の中に消えていった。もう一度私は千代、俺だと叫んだ。

私は目を覚ました。全身に汗をかいていた。夢を見ていたのだ。

＊

私は禅寺の庫裏で坐っていた。いったい何でこのような状況になったのかはわからない。誰かが連れてきたのか、私自身で来たのか、それもおぼろであった。目を転じると白砂が敷き詰められた庭が見え、その中央には石が数個身を寄せ合うように立っていた。石の周りのなだらかな箒目《ほうきめ》がまばゆかった。私は正座したまま両腕を高く上げて伸びの姿勢を取り、大きく息を吸ってから手を法界定印に結び直し呼吸を整えた。目をつぶったまましばらくすると身体が軽くなり、周囲の音がすべて耳から消えてしまった。その時、

「お待たせしましたな」

という声が聞こえてきた。目を開けると、正面に僧侶が坐っていた。

「お久しぶりだのう。確か木津さんといわれたと思うが」

私の目を見つめたまま僧はゆっくりと口を開いた。名前を呼ばれて私は頭を上げ僧侶の顔をしっかりと見た。

「はい、木津林太郎と申します」

　そう言うより早く、私は座蒲団から畳に身を移し、両手をついて深々と頭を下げた。目の前の結跏趺坐の僧が峰山殉節老師だと気付いたからである。

「その節はまことにお世話になりました。老師様にはあの時、身体と心を救っていただき、おかげさまで無事実家に帰ることができました。そして生まれ変わった気持ちで、もう一度学校で学び直し医者になり懸命に働きました。医者になって三十余年、子どもは独立して家を出、先頃妻にも先立たれ、私はもう天涯孤独になりました」

　畳に額をつけたまま、私は一気にそう述べた。

「さようですか。お医者になられたか。それは良いことをなされた。多くの人を救い、功徳《くどく》を積まれましたな。奥様を亡くされたとのこと、さぞ辛いことでしょう。お悔やみ申し上げます。それにご子息も独立され、淋しいことでしょうが、子どもは親から離れ旅立っていくもの。淋しい反面、喜ばしいことでしょうがの」

「私は男親ですから、そう思うことができましたが、妻はなかなか納得できないようで、最後まで気にかけたまま死んでいきました。何しろ、息子は急に独立したいと言い出し、家を出たものですから」

「確かに男親と母親は違いましょうな。何と言っても母親にとって、子は自分の腹を痛めた子、よって自分の分身と思うのは自然のことでしょうからのう」

「はい、そう思うとやはり妻が不憫でなりません」

「人は誰も無明煩悩《むみょうぼんのう》の輩。あなたの奥さんも、また奥さんを不憫だと思うあなたも無明煩悩。だが一方、親の子に抱く心は物欲とは違い、慈悲心でありましょう。慈悲心つまり愛であり、その子がいなくなったのであれば一層愛が強くなるのは当たり前とも言えるでしょうな。特に母親はのう」

「妻が逝き、独りになった私には見るものすべてがモノクロのように映りました。それだけではありません、食事をしても味がせず、まるで砂を嚙むようなものでした。それでも病院には毎日出て仕事はしているのですが、何と申しましょうか何をするにも億劫《おっくう》になりまして。これまではどんなに疲れていても睡眠時間が足りなくても、病院に行き、白衣を身に着けるとしゃんとして、身が引き締まったのです。それが、自分でもおかしいと思うほど気力が失せてしまいました」

「木津さん。人は誰でも大切なものを失うと強い喪失感を味わうものです。それは医者であるお前様の方が専門でしょう。私事で恐縮だが、拙僧は妻を死なせてしまった。あれは北風が吹きすさぶ時期であったが、拙僧の身体の中にも風が吹き荒れました。全身の力が抜け、食事も喉を通らん。このままだと拙僧も絶命するかもしれん。その方がよっぽど楽だとの思いが頭をよぎった。よしそれなら、坐禅を組みそのままの姿で涅槃に入ろう。それである夜、蒲団から身を起こし、結跏趺坐の姿勢で呼吸を整えた。やがて眼の上あたりが明るくなった。その時、突然声が聞こえてきたのだ。荒れた寺を再興せよと。誰の声かわからん。死んだヨシではなかった。だが私はその声をヨシだと信じたかった。そのまま坐禅を続けたが、身体の内に力が満ち始めているのを感じた。私は生き返ったのだ。そしてこの寺もまた蘇った。ヨシのお蔭でな」

「亡くなられた奥様の魂がこの御坊を守られたのですね」

「さよう。確かにあの時はヨシの一喝が儂の萎えた心に命を吹き込んでくれたのだと思う。寺も木津さんが復員姿で立ち寄られた時とは一変し、このような姿になった。数年前に拙僧は引退し今の住職にすべてを任せた。よんどころない時は手伝う程度の自由の身になったのだ。仏教は奥が深い。まだ学ばねばならないことがたんとある。もう一度出家して一から学び直さねばならない心境ですな」

「そろそろ私も出家しようと思っているのです」

「え？　何とおっしゃった？　木津さんが出家と？」

「出家と申しましても、仏教で言う僧侶を目指しての出家ではありません。今まで自分の能力を超えて働きすぎたように思います。それで病院を退職し、しばらく自由の身でいるということです」

「出家のことを釈迦は何と言ったかご存じか？」

「存じません」

「菩提樹《ぼだいじゅ》のもとで悟りを開かれ覚者となった釈迦のもとに多くの若者が集まった。弟子にしてほしいとな。しかし釈迦は断った。生半可な修行では悟りを開くことはできないからだ。だが何としても教えを受けたいと熱心に縋《すが》る者たちを見て、それでは親兄弟と別れ、すべてのものを捨てて出家せよ。そうすれば弟子にしようと釈迦は言った。それを聞いて多くの若者は肩を落として帰っていった。家も富もすべて捨て去る勇気がなかったのだ。釈迦は自分につき従うわずかな出家者を弟子にしてインド各地を布教しながら歩いた。一方では弟子にはならなかったが、釈迦の教えを守りながら社会に定着した者を釈迦は在家信徒《ざいけしんと》と呼んだ。実は在家信徒がいなければ出家者は困ることになる。おわかりかな、その意味を。在家者には正しい仕事に就くように釈迦は勧めているがこれもまた大事なことなのだ。在家信徒には重要な役目があった。出家僧は人々の安寧《あんねい》を願ってひたすら修行に努めなければならない。仕事をすることはできない。しかし出家者といえども人間、生きるためには食わねばならぬ。そこで椀ひとつを持って、托鉢《たくはつ》に出る。戸口に立って在家信徒や市民から恵んでもらう食べ物で命をつながなければならないからだ。つまり乞食《こつじき》だな。恵んでもらうものがなければ餓死するしかない。実際多くの出家者は死んでいる。修行とはそのような厳しいものなのだ。だから在家信徒の存在は重要になる。まじめに働き出家者を支援しなければならぬからだ。

さてあなたは今、出家しようかと言われた。坊主にはならないが、自由の身を楽しもうと言われた。長年酷使された身体を休めたいと言われた。結構なことじゃ。そうなさるがよろしい。あなたは妻や子にかまってやる間もないほど働いた。それを悔やんでおられる。特に奥さんが先に亡くなられればその思いは強かろう。しかし悔やんで何が得られましょうや。生前に奥さんがここにも行ってみたい、あそこにも行ってみたいと言われた景勝地などがおありでしょう。のんびり旅をされてはいかがかな、同行二人《どうぎょうににん》でな。木津さんの場合は弘法《こうぼう》さんではなく、奥さんになりましょうが」

そう言って老師は、はははとおかしそうに笑った。そして静かに続けて言った。

「奥さんは旅だけをする夫を喜びはしますまい。夫であるあなたの賜物を世のために使うことを望むはず。少し肩の力を抜いて今の仕事を続けたらどうであろうか。病で苦しんでいる者はぎょうさんおります。都会から一歩離れてみるがよろしい。貧しくて医者にかかりたくてもかかれない者はぎょうさんおる。そこに自分と同じ人がいると思ってはいかがかな。自分は大切な存在だと誰も思う。健康な自分も、病に苦しんでいる自分も皆自分は大切な存在だと。どんな状況、どんな境遇であれその自分が大切な存在であること、それが人間の尊厳なのであろうな。あなたが、そこに自分と同じ人がいると思うなら、その人にもあなたと同じ尊厳があるのでしょう。

わしは仏教徒であるが、内村鑑三というキリスト教徒を知っている。知っていると言っても会ったわけではないが。内村の妻は若くして拙僧の妻と同じ悪性の風邪で亡くなったそうだが、愛する妻を悼んで墓前で祈っている時、突然妻の声が聞こえてきたというのだ。

『私があなたに尽くしたのは、あなたに褒めてもらおうとしたからではありません。あなたに神と日本に尽くしていただくためです。あなたが私を愛《いと》おしいと思うのなら、この国と国民のために働いてください。路頭に迷っている老婆は私です。その人に尽くしてあげてください。貧しさのため売春宿に身を置いている少女は私です。その人を救ってあげてください。私のように早くに両親を失い、頼る人のいない娘は私です。その人を慰めてあげてください。どうぞ愛と善の業《わざ》を行ってください』

とな。内村の妻は辛い状況に置かれている女性にも、いや、そのような女性だからこそ尊厳があるのだということを看破していたのだ。それを知った時、拙僧は身震いするほどの感銘を受けたのだ」

「内村鑑三は知っています。私の友人のカトリックの神父が教えてくれました。明治天皇の署名がある教育勅語に最敬礼しなかったことを咎《とが》められて、第一高等学校を追放になった人です。でも今老師がおっしゃったことは初めて知りました。内村は亡くなった妻に鼓舞されて立ち直り、その後日本の思想界に名を残したのですね」

「そうかもしれない。拙僧があなたに申し上げたいのは、まだ枯れたような生活をするのは早いということ。無為自然《むいしぜん》という言葉がある。何もしない自由な境地にいながら、自然に身体が動いて他人のために何かをしているという意味でしょうかな。あなたはまだ若い。あなたの知識と知恵をあまねく人々に施されてはいかがかな。急がず、ゆっくりと。それが亡くなられた奥さんに対する最大の供養ではありませんかな。

さてどうやら住職が来たようだ。私はそろそろこの場所を明け渡すとしようか」

私は正座し深々と頭を下げた。顔を上げると老師の姿は見えなくなっていた。

夢から覚めた私は、しばらく呆然としていた。初めて老師に会ったのは寺の山門であった。私は敗残兵のような姿で、疲れ果てて山門の石畳に寝ていたのだ。その何十年後の老師と、たった今私は対面していたのだろうか。あの時よりもさらに痩せておられた。顔に皺が増え、眉毛は白くなっていた。だが結跏趺坐の姿は当時と少しも変わらず、微動だにしなかった。

＊

この何日か前に見た夢は、だぶだぶのズボンをはき右手のステッキを振り回す、あのチャップリンであった。だがその独特のスタイルを凝視していたらなんとそれが自分であったという不思議な夢なのであった。目が覚めて気付いたのは、最近私自身がチャップリンの風体で歩いていることであった。ステッキこそ振り回してはいないが、あんな格好で病院に出勤していたのであった。

それだけではない。食欲が落ちてきた。これではいかんと無理に口に入れるが味がない。何をするにも億劫だ。勤めには出て行くが、長年やっていてそれが習慣になっているからやっているだけなのだ。着替えをするのも面倒になった。それでも仕事だけはと家を出たのだが、髭も剃らずに出たことに気付いて慌てて家に戻ったことがあった。あれやこれやの症状を集めてみると、これはうつ病の症状ではないかと気付いた。私はうつ病だ、それに違いない。そう思った途端に不安感が湧いてきた。不安感より恐怖心なのかもしれなかった。死ぬかもしれない恐怖か、いやそうではない。うつ病では死なない。癌ではないのだから。癌は確実に死ぬ。千代がそうだったではないか。うつ病は何ごとにも無気力になるから食事をしなくなるが、それで餓死することはない、現に私は味のない食事でも無理して口に入れているではないか。だから餓死することはないと自分に言い聞かせた。

だが、うつ病も死につながるとの声がどこからともなく聞こえてきた。自殺だ。うつ病といえば自殺。精神医学の基礎ではないか。私はこんな当たり前のことを忘れていたのだ。

混乱してしまった私は精神科部長室に成田部長を訪ねた。部長は今回も丁寧に私の話を聞いてくれた。そしてこう言った。

「先生の病気は内因性のうつ病ではありません。まあ本物のうつ病ではないということです。強いて言えば反応性のうつ状態でしょうね」

「反応性ですか。エヒトではないということですか？」

「そうです。本物《エヒト》とは言えないでしょう。うつ病に似てはいますが、一時的なうつ状態だと思います。先生の言われた夢のことですが、いろいろな夢が出てきましたね。そのことで先生は驚いていますが、多くは亡くなられた奥さんに関連している内容のようですね。うつ病者の幻覚はもっと激しいものです。人や動物なども出てきて多彩なものが多いですよ。先生は何もしたくなくなった、だらしなくなったとおっしゃいましたが、ちゃんと病院に来ておられる。つまり自分をちゃんと認識している。うつ病の人はこうはいきません。それに先生にこれまでうつ病の病歴がないですね。これらを纏めると、奥さんとの死別に対する反応、喪失反応とも言いますがそれだと思います。つまり現在強い悲嘆の状態にあるのだと思います」

「ありがとうございました。そう説明されればなるほどと思うふしは多いですが、これがいつまで続くのかと思うと」

「いつまで続くかと言われても、一人ひとり違うのです。一般的には三カ月から半年くらい続くでしょうか。死別の状況、喪失の重さには個人差がありますし、それによって生じる悲嘆の程度も一人ひとり違いますしね。それに先生は奥さんを亡くされたのですが、ひとり息子さんともずっと別居でここ数年お会いになっておられないと先ほど言われました。このことも今の先生の心の内面に大きなしこりとして存在していて、現在の反応性うつ状態に影響を与えていると思いますよ」

「先生のご指摘の通り、息子のことは気にはなっていました。しかし私なりに気持ちの整理はできていた積もりです。私より千代の方がずっと気にしていまして、死ぬ直前まで私に連絡先を探してほしいと言っていました」

「そうですか。そうであればあえて触れませんが。ああひとつ大事なことを聞き漏らしていました。希死念慮《きしねんりょ》はないですよね。先生を今拝見していても、この人は自殺してしまうのではないかという心配を私に抱かせる雰囲気がありませんでしたが」

「ええ、自殺念慮とはっきり言える感情はありません。しかしもうこのますーっと死んでしまうならそれも楽でいいなと」

成田部長は私のこの発言に眉をわずかに動かしただけだった。

「愛する人と死別したことによる精神反応は数カ月続くことは先ほど申しました。最近は主としてアメリカから新しいうつ病の薬が入るようになったので、これを使う精神科医もいることはいます。私はエヒトなうつ病を持った人がたまたま親しい人を亡くして症状が悪化した場合はともかく、そうでない人には薬は使いません。少量の睡眠薬を処方することはあります」

「私も睡眠薬がいいのでしょうか」

「そうは思いません。こんな言い方は過酷かもしれませんが、先生はむしろ夢の中ででも奥さんに会われてはいかがですか。それが慰めになるのであれば。そして病院に出てきて患者さんに接してください。患者の苦しみがわかるドクターのみが患者を治すことができるのですから。お酒は睡眠薬程度にお飲みになるのはいいですが。深酒はしないでください」

成田部長の診察を受けたあと、半年経っても抑うつ状態から完全に解放されたわけではなかった。だが自分でも驚くほど身体が軽くなった気がした。同時に身体の動きも敏捷になり、仕事にも意欲が湧いてきた。私の身なりが元の木津先生になったのを見て、看護婦や事務員が喜んだ。

＊

私はこのあと引き続き三年間農協病院附属診療所長を務めたが、七十三歳になったのを機に退職を決意した。病院長はじめスタッフはこれまで通り仕事を続けてほしいと翻意を促したが私の気持ちは変わらなかった。

買い溜めていたかなりの蔵書のうち文芸書の類《たぐい》は市立図書館に寄贈した。優が子どもの頃に買った『ファーブル昆虫記』や伝記ものなどは、図書館の「児童コーナー」で役に立ちますと、司書が喜んでくれた。医学関係の図書や文献などはすべて病院図書室に寄贈した。

あとは千代の遺品であった。質素な生活をし、必要最小限の私物しか持たなかった千代であったが、千代の友人たちが整理してくれた目録を見ると着物や洋服はそれなりに揃えていた。そのすべてを友人たちで分けてもらうことにした。友人たちはタンスの底から畳紙《たとう》に包まれた着物を引き出してきた。私に見てくれというのだ。

それは浴衣であった。鮎が躍っていた。「あの時の」と言いかけて私は黙った。千代を料亭駕籠善に誘った時に着てきた浴衣であった。結婚してから一度も見たことはなかったから、はるか昔に処分したものだと思っていたのに千代は大事にしまっておいたのだ。

荷物の整理が終わったのは八月中旬であった。大変な暑さの中このように速やかに整理ができたのは、千代の友人たちの献身的な働きのお蔭であった。

九月に入れば中越の秋は急に寒くなる。私はこの先、心情的には出家者として生きたいと思った。だが何もしないのではない。峰山殉節老師の言われた「無為自然に生きる姿」は私の頭の中に一定の地位を占めていた。今がその実行の時なのだ。

九月半ば、陽が落ちた頃、私は長岡を離れて直江津《なおえつ》に出た。駅前の小料理屋で看板まで時間をつぶし、そこから寝台特急に乗り秋田に向かった。

　手にしていたのはボストンバッグひとつ。その中には使い古した聴診器と、畳紙に入った浴衣一枚、優が大学に入学した時に三人で撮った記念写真、それに木津林太郎名義の医師免許証が入っていた。

（完）

〈著者略歴〉
中島健二（なかじま　けんじ）
一九三九年、東京生まれ。京都府立医科大学名誉教授、ウェスタン・オンタリオ大学（カナダ）客員教授、医療法人社団恵寿会まるおクリニック認知症研究所長。特定非営利活動法人「京都の医療・福祉プロジェクト」理事長。京都府立医科大学卒業・同大学院精神科修了。医学博士。東京逓信病院脳神経外科医員、秋田県立脳血管研究センター脳神経外科主任研究員・神経内科主任研究員（医長）を経て、同センター病院長。京都府立医科大学神経内科教授、国立舞鶴病院病院長を歴任。瑞宝中綬章受章。
著書に、『痴呆症　基礎と臨床の最前線』（金芳堂）、『この日本で老いる』（世界思想社）、『家族のための〈認知症〉入門』（PHP新書）、『希望の介護　認知症を考える「中島塾」にようこそ』（書肆クラルテ）など多数。

出家
二〇二一年四月十日　第一版第一刷発行

著者　中島健二
発行　株式会社ＰＨＰエディターズ・グループ
〒一三五-〇〇六一　東京都江東区豊洲五-六-五二
電話〇三-六二〇四-二九三一
http://www.peg.co.jp/
印刷
製本　シナノ印刷株式会社

ISBN978-4-909417-79-4
JASRAC 出 2101755-101